Le Livre de Poche
Jeunesse

VANINA VANINI
LA VENDETTA
NANTAS

Stendhal – Balzac – Zola

Vanina Vanini
La Vendetta
Nantas

© Hachette Livre, 2008.

Vanina Vanini

*

Stendhal

C'était un soir du printemps de 182*. Tout Rome était en mouvement : M. le duc de B***, ce fameux banquier, donnait un bal dans son nouveau palais de la place de Venise. Tout ce que les arts de l'Italie, tout ce que le luxe de Paris et de Londres peuvent produire de plus magnifique avait été réuni pour l'embellissement de ce palais. Le concours[1] était immense. Les beautés blondes et réservées de la noble Angleterre avaient brigué l'honneur d'assister à ce bal ; elles arrivaient en foule. Les plus belles femmes de Rome leur disputaient le prix de la beauté. Une jeune fille que l'éclat de ses yeux et ses cheveux d'ébène proclamaient Romaine entra conduite par son père ; tous les regards la suivirent. Un orgueil singulier éclatait dans chacun de ses mouvements.

On voyait les étrangers qui entraient frappés de la

---

1. *Concours* : quantité de personnes réunies.

magnificence de ce bal. « Les fêtes d'aucun des rois de l'Europe, disaient-ils, n'approchent point de ceci. »

Les rois n'ont pas un palais d'architecture romaine : ils sont obligés d'inviter les grandes dames de leur cour ; M. le duc de B*** ne prie que de jolies femmes. Ce soir-là il avait été heureux dans ses invitations ; les hommes semblaient éblouis. Parmi tant de femmes remarquables il fut question de décider quelle était la plus belle : le choix resta quelque temps indécis ; mais enfin la princesse Vanina Vanini, cette jeune fille aux cheveux noirs et à l'œil de feu, fut proclamée la reine du bal. Aussitôt les étrangers et les jeunes Romains, abandonnant tous les autres salons, firent foule dans celui où elle était.

Son père, le prince don Asdrubale Vanini, avait voulu qu'elle dansât d'abord avec deux ou trois souverains d'Allemagne. Elle accepta ensuite les invitations de quelques Anglais fort beaux et fort nobles ; leur air empesé l'ennuya. Elle parut prendre plus de plaisir à tourmenter le jeune Livio Savelli qui semblait fort amoureux. C'était le jeune homme le plus brillant de Rome, et de plus lui aussi était prince ; mais si on lui eût donné à lire un roman, il eût jeté le volume au bout de vingt pages, disant qu'il lui donnait mal à la tête. C'était un désavantage aux yeux de Vanina.

Vers le minuit une nouvelle se répandit dans le bal, et fit assez d'effet. Un jeune carbonaro[1], détenu au

---

1. *Carbonaro* : membre d'une société secrète italienne qui combattait pour la liberté. Le pluriel de *carbonaro* est *carbonari*.

fort Saint-Ange, venait de se sauver le soir même, à l'aide d'un déguisement, et, par un excès d'audace romanesque, arrivé au dernier corps de garde de la prison, il avait attaqué les soldats avec un poignard ; mais il avait été blessé lui-même, les sbires le suivaient dans les rues à la trace de son sang, et on espérait le ravoir.

Comme on racontait cette anecdote, don Livio Savelli, ébloui des grâces et des succès de Vanina, avec laquelle il venait de danser, lui disait en la reconduisant à sa place, et presque fou d'amour :

— Mais, de grâce, qui donc pourrait vous plaire ?

— Ce jeune carbonaro qui vient de s'échapper, lui répondit Vanina ; au moins celui-là a fait quelque chose de plus que de se donner la peine de naître.

Le prince don Asdrubale s'approcha de sa fille. C'est un homme riche qui depuis vingt ans n'a pas compté avec son intendant, lequel lui prête ses propres revenus à un intérêt fort élevé. Si vous le rencontrez dans la rue, vous le prendrez pour un vieux comédien ; vous ne remarquerez pas que ses mains sont chargées de cinq ou six bagues énormes garnies de diamants fort gros. Ses deux fils se sont faits jésuites, et ensuite sont morts fous. Il les a oubliés ; mais il est fâché que sa fille unique, Vanina, ne veuille pas se marier. Elle a déjà dix-neuf ans, et a refusé les partis les plus brillants. Quelle est sa

---

Ce mot signifie à l'origine « charbonnier » car les conspirateurs se réunissaient au départ dans des huttes de charbonniers.

raison ? la même que celle de Sylla[1] pour abdiquer, *son mépris pour les Romains.*

Le lendemain du bal, Vanina remarqua que son père, le plus négligent des hommes, et qui de la vie ne s'était donné la peine de prendre une clef, fermait avec beaucoup d'attention la porte d'un petit escalier qui conduisait à un appartement situé au troisième étage du palais. Cet appartement avait des fenêtres sur une terrasse garnie d'orangers. Vanina alla faire quelques visites dans Rome ; au retour, la grande porte du palais étant embarrassée par les préparatifs d'une illumination, la voiture rentra par les cours de derrière. Vanina leva les yeux, et vit avec étonnement qu'une des fenêtres de l'appartement que son père avait fermé avec tant de soin était ouverte. Elle se débarrassa de sa dame de compagnie, monta dans les combles du palais, et à force de chercher parvint à trouver une petite fenêtre grillée qui donnait sur la terrasse garnie d'orangers. La fenêtre ouverte qu'elle avait remarquée était à deux pas d'elle. Sans doute cette chambre était habitée ; mais par qui ? Le lendemain Vanina parvint à se procurer la clef d'une petite porte qui ouvrait sur la terrasse garnie d'orangers.

Elle s'approcha à pas de loup de la fenêtre qui était encore ouverte. Une persienne servit à la cacher. Au fond de la chambre il y avait un lit et quelqu'un dans ce lit. Son premier mouvement fut de se retirer ; mais elle aperçut une robe de femme jetée sur une chaise.

---

1. *Sylla* : dictateur de la Rome antique (138-78 av. J.-C.) qui abdiqua en 79 av. J.-C.

En regardant mieux la personne qui était au lit, elle vit qu'elle était blonde, et apparemment fort jeune. Elle ne douta plus que ce ne fût une femme. La robe jetée sur une chaise était ensanglantée ; il y avait aussi du sang sur des souliers de femme placés sur une table. L'inconnue fit un mouvement ; Vanina s'aperçut qu'elle était blessée. Un grand linge taché de sang couvrait sa poitrine ; ce linge n'était fixé que par des rubans ; ce n'était pas la main d'un chirurgien qui l'avait placé ainsi. Vanina remarqua que chaque jour, vers les quatre heures, son père s'enfermait dans son appartement, et ensuite allait vers l'inconnue ; il redescendait bientôt, et montait en voiture pour aller chez la comtesse Vitteleschi. Dès qu'il était sorti, Vanina montait à la petite terrasse, d'où elle pouvait apercevoir l'inconnue. Sa sensibilité était vivement excitée en faveur de cette jeune femme si malheureuse ; elle cherchait à deviner son aventure. La robe ensanglantée jetée sur une chaise paraissait avoir été percée de coups de poignard. Vanina pouvait compter les déchirures. Un jour elle vit l'inconnue plus distinctement : ses yeux bleus étaient fixés dans le ciel ; elle semblait prier. Bientôt des larmes remplirent ses beaux yeux ; la jeune princesse eut bien de la peine à ne pas lui parler. Le lendemain Vanina osa se cacher sur la petite terrasse avant l'arrivée de son père. Elle vit don Asdrubale entrer chez l'inconnue ; il portait un petit panier où étaient des provisions. Le prince avait l'air inquiet, et ne dit pas grand-chose. Il parlait si bas que, quoique la porte-fenêtre fût ouverte, Vanina ne put entendre ses paroles. Il partit aussitôt.

« Il faut que cette pauvre femme ait des ennemis bien terribles, se dit Vanina, pour que mon père, d'un caractère si insouciant, n'ose se confier à personne et se donne la peine de monter cent vingt marches chaque jour. »

Un soir, comme Vanina avançait doucement la tête vers la croisée de l'inconnue, elle rencontra ses yeux, et tout fut découvert. Vanina se jeta à genoux, et s'écria :

— Je vous aime, je vous suis dévouée.

L'inconnue lui fit signe d'entrer.

— Que je vous dois d'excuses, s'écria Vanina, et que ma sotte curiosité doit vous sembler offensante ! Je vous jure le secret, et, si vous l'exigez, jamais je ne reviendrai.

— Qui pourrait ne pas trouver du bonheur à vous voir ? dit l'inconnue. Habitez-vous ce palais ?

— Sans doute, répondit Vanina. Mais je vois que vous ne me connaissez pas : je suis Vanina, fille de don Asdrubale.

L'inconnue la regarda d'un air étonné, rougit beaucoup, puis ajouta :

— Daignez me faire espérer que vous viendrez me voir tous les jours ; mais je désirerais que le prince ne sût pas vos visites.

Le cœur de Vanina battait avec force ; les manières de l'inconnue lui semblaient remplies de distinction. Cette pauvre jeune femme avait sans doute offensé quelque homme puissant ; peut-être dans un moment de jalousie avait-elle tué son amant ? Vanina ne pouvait voir une cause vulgaire à son malheur. L'inconnue lui dit qu'elle avait reçu une blessure dans l'épaule, qui avait pénétré jusqu'à la poitrine et la faisait beaucoup souffrir. Souvent elle se trouvait la bouche pleine de sang.

— Et vous n'avez pas de chirurgien ! s'écria Vanina.

— Vous savez qu'à Rome, dit l'inconnue, les chirurgiens doivent à la police un rapport exact de toutes les blessures qu'ils soignent. Le prince daigne lui-même serrer mes blessures avec le linge que vous voyez.

L'inconnue évitait avec une grâce parfaite de s'apitoyer sur son accident ; Vanina l'aimait à la folie. Une chose pourtant étonna beaucoup la jeune princesse, c'est qu'au milieu d'une conversation assurément fort sérieuse l'inconnue eut beaucoup de peine à supprimer une envie subite de rire.

— Je serai heureuse, lui dit Vanina, de savoir votre nom.

— On m'appelle Clémentine.

— Eh bien ! chère Clémentine, demain à cinq heures je viendrai vous voir.

Le lendemain Vanina trouva sa nouvelle amie fort mal.

— Je veux vous amener un chirurgien, dit Vanina en l'embrassant.

— J'aimerais mieux mourir, dit l'inconnue. Voudrais-je compromettre mes bienfaiteurs ?

— Le chirurgien de Mgr Savelli-Catanzara, le gouverneur de Rome, est fils d'un de nos domestiques, reprit vivement Vanina ; il nous est dévoué, et par sa position ne craint personne. Mon père ne rend pas justice à sa fidélité ; je vais le faire demander.

— Je ne veux pas de chirurgien, s'écria l'inconnue avec une vivacité qui surprit Vanina. Venez me voir, et si Dieu doit m'appeler à lui, je mourrai heureuse dans vos bras.

Le lendemain, l'inconnue était plus mal.

— Si vous m'aimez, dit Vanina en la quittant, vous verrez un chirurgien.

— S'il vient, mon bonheur s'évanouit.

— Je vais l'envoyer chercher, reprit Vanina.

Sans rien dire, l'inconnue la retint, et prit sa main qu'elle couvrit de baisers. Il y eut un long silence, l'inconnue avait les larmes aux yeux. Enfin, elle quitta la main de Vanina, et de l'air dont elle serait allée à la mort, lui dit :

— J'ai un aveu à vous faire. Avant-hier, j'ai menti en disant que je m'appelais Clémentine ; je suis un malheureux carbonaro...

Vanina étonnée recula sa chaise et bientôt se leva.

— Je sens, continua le carbonaro, que cet aveu va me faire perdre le seul bien qui m'attache à la vie ; mais il est indigne de moi de vous tromper. Je m'appelle Pietro Missirilli ; j'ai dix-neuf ans ; mon père est un pauvre chirurgien de Saint-Angelo-in-Vado, moi je suis carbonaro. On a surpris notre *vente* ; j'ai été amené, enchaîné, de la Romagne à Rome. Plongé dans un cachot éclairé jour et nuit par une lampe, j'y ai passé treize mois. Une âme charitable a eu l'idée de me faire sauver. On m'a habillé en femme. Comme je sortais de prison et passais devant les gardes de la dernière porte, l'un d'eux a maudit les carbonari ; je lui ai donné un soufflet[1]. Je vous assure que ce ne fut pas une vaine bravade[2], mais tout simplement une distraction. Poursuivi la nuit dans les rues de Rome après cette imprudence, blessé de coups de baïonnette, perdant déjà mes forces, je monte dans une maison dont la porte était ouverte ; j'entends les soldats qui montent après moi, je saute dans un jardin ; je tombe à quelques pas d'une femme qui se promenait.

— La comtesse Vitteleschi ! l'amie de mon père, dit Vanina.

— Quoi ! vous l'a-t-elle dit ? s'écria Missirilli. Quoi qu'il en soit, cette dame, dont le nom ne doit jamais être prononcé, me sauva la vie. Comme les soldats entraient chez elle pour me saisir, votre père m'en faisait sortir dans sa voiture. Je me sens fort mal : depuis quelques jours ce coup de baïonnette dans l'épaule m'empêche de respirer. Je vais mourir, et désespéré, puisque je ne vous verrai plus.

Vanina avait écouté avec impatience ; elle sortit rapidement : Missirilli ne trouva nulle pitié dans ces yeux si beaux, mais seulement l'expression d'un caractère altier que l'on vient de blesser.

À la nuit, un chirurgien parut ; il était seul, Missirilli fut au désespoir ; il craignait de ne revoir jamais Vanina. Il fit des questions au chirurgien, qui le saigna et ne lui répondit pas. Même silence les jours suivants. Les yeux de Pietro ne quittaient pas la fenêtre de la

---

1. *Soufflet* : gifle.
2. *Bravade* : provocation.

terrasse par laquelle Vanina avait coutume d'entrer ; il était fort malheureux. Une fois, vers minuit, il crut apercevoir quelqu'un dans l'ombre sur la terrasse : était-ce Vanina ?

Vanina venait toutes les nuits coller sa joue contre les vitres de la fenêtre du jeune carbonaro.

« Si je lui parle, se disait-elle, je suis perdue ! Non, jamais je ne dois le revoir ! »

Cette résolution arrêtée, elle se rappelait, malgré elle, l'amitié qu'elle avait prise pour ce jeune homme, quand si sottement elle le croyait une femme. Après une intimité si douce, il fallait donc l'oublier ! Dans ses moments les plus raisonnables, Vanina était effrayée du changement qui avait lieu dans ses idées. Depuis que Missirilli s'était nommé, toutes les choses auxquelles elle avait l'habitude de penser s'étaient comme recouvertes d'un voile, et ne paraissaient plus que dans l'éloignement.

Une semaine ne s'était pas écoulée, que Vanina, pâle et tremblante, entra dans la chambre du jeune carbonaro avec le chirurgien. Elle venait de lui dire qu'il fallait engager le prince à se faire remplacer par un domestique. Elle ne resta pas dix secondes ; mais quelques jours après elle revint encore avec le chirurgien, par humanité. Un soir, quoique Missirilli fût bien mieux, et que Vanina n'eût plus le prétexte de craindre pour sa vie, elle osa venir seule. En la voyant, Missirilli fut au comble du bonheur, mais il songea à cacher son amour ; avant tout, il ne voulait pas s'écarter de la dignité convenable à un homme. Vanina, qui était entrée chez lui le front couvert de rougeur, et craignant des propos d'amour, fut déconcertée de l'amitié noble et dévouée, mais fort peu tendre, avec laquelle il la reçut. Elle partit sans qu'il essayât de la retenir.

Quelques jours après, lorsqu'elle revint, même conduite, mêmes assurances de dévouement respectueux et de reconnaissance éternelle. Bien loin d'être occupée à mettre un frein aux transports du jeune carbonaro, Vanina se demanda si elle aimait seule. Cette jeune fille, jusque-là si fière, sentit amèrement toute l'étendue de sa folie. Elle affecta de la gaieté et même de la froideur, vint moins souvent, mais ne put prendre sur elle de cesser de voir le jeune malade.

Missirilli, brûlant d'amour, mais songeant à sa naissance obscure et à ce qu'il se devait, s'était promis de ne descendre à parler d'amour que si Vanina restait huit jours sans le voir. L'orgueil de la jeune princesse combattit pied à pied. « Eh bien ! se dit-elle enfin, si je le vois, c'est pour moi, c'est pour me faire plaisir, et jamais je ne lui avouerai l'intérêt qu'il m'inspire. » Elle faisait de longues visites à Missirilli, qui lui parlait comme il eût pu faire si vingt personnes eussent été présentes. Un soir, après avoir passé la journée à le détester et à se bien promettre d'être avec lui encore plus froide et plus sévère qu'à l'ordinaire, elle lui dit qu'elle l'aimait. Bientôt elle n'eut plus rien à lui refuser.

Si sa folie fut grande, il faut avouer que Vanina fut parfaitement heureuse. Missirilli ne songea plus à ce qu'il croyait devoir à sa dignité d'homme ; il aima comme on aime pour la première fois à dix-neuf ans et en Italie. Il eut tous les scrupules de l'amour-passion, jusqu'au point d'avouer à cette jeune princesse si fière la politique dont il avait fait usage pour s'en faire aimer. Il était étonné de l'excès de son bonheur.

Quatre mois passèrent bien vite. Un jour, le chirurgien rendit la liberté à son malade. « Que vais-je faire ? pensa Missirilli ; rester caché chez une des plus belles personnes de Rome ? Et les vils tyrans qui m'ont tenu treize mois en prison sans me laisser voir la lumière du jour croiront m'avoir découragé ! Italie, tu es vraiment malheureuse, si tes enfants t'abandonnent pour si peu ! »

Vanina ne doutait pas que le plus grand bonheur de Pietro ne fût de lui rester à jamais attaché ; il semblait trop heureux ; mais un mot du général Bonaparte retentissait amèrement dans l'âme de ce jeune homme et influençait toute sa conduite à l'égard des femmes. En 1796, comme le général Bonaparte quittait Brescia, les municipaux qui l'accompagnaient à la porte de la ville lui disaient que les Bressans aimaient la liberté par-dessus tous les autres Italiens.

— Oui, répondit-il, ils aiment à en parler à leurs maîtresses.

Missirilli dit à Vanina d'un air assez contraint :

— Dès que la nuit sera venue, il faut que je sorte.

— Aie bien soin de rentrer au palais avant le point du jour ; je t'attendrai.

— Au point du jour je serai à plusieurs milles[1] de Rome.

---

1. *Milles* : un mille romain vaut environ 1 479 mètres (mille pas).

— Fort bien, dit Vanina froidement, et où irez-vous ?

— En Romagne, me venger.

— Comme je suis riche, reprit Vanina de l'air le plus tranquille, j'espère que vous accepterez de moi des armes et de l'argent.

Missirilli la regarda quelques instants sans sourciller ; puis, se jetant dans ses bras :

— Âme de ma vie, tu me fais tout oublier, lui dit-il, et même mon devoir. Mais plus ton cœur est noble, plus tu dois me comprendre.

Vanina pleura beaucoup, et il fut convenu qu'il ne quitterait Rome que le surlendemain.

— Pietro, lui dit-elle le lendemain, souvent vous m'avez dit qu'un homme connu, qu'un prince romain, par exemple, qui pourrait disposer de beaucoup d'argent, serait en état de rendre les plus grands services à la cause de la liberté, si jamais l'Autriche est engagée loin de nous, dans quelque grande guerre.

— Sans doute, dit Pietro étonné.

— Eh bien ! vous avez du cœur ; il ne vous manque qu'une haute position ; je viens vous offrir ma main et deux cent mille livres de rentes. Je me charge d'obtenir le consentement de mon père.

Pietro se jeta à ses pieds ; Vanina était rayonnante de joie.

— Je vous aime avec passion, lui dit-il ; mais je suis un pauvre serviteur de la patrie ; mais plus l'Italie est malheureuse, plus je dois lui rester fidèle. Pour obtenir le consentement de don Asdrubale, il faudra jouer un triste rôle pendant plusieurs années. Vanina, je te refuse.

Missirilli se hâta de s'engager par ce mot. Le courage allait lui manquer.

— Mon malheur, s'écria-t-il, c'est que je t'aime plus que la vie, c'est que quitter Rome est pour moi le pire des supplices. Ah ! que l'Italie n'est-elle délivrée des barbares ! Avec quel plaisir je m'embarquerais avec toi pour aller vivre en Amérique.

Vanina restait glacée. Ce refus de sa main avait étonné son orgueil ; mais bientôt elle se jeta dans les bras de Missirilli.

— Jamais tu ne m'as semblé aussi aimable, s'écria-t-elle ; oui, mon petit chirurgien de campagne, je suis à toi pour toujours. Tu es un grand homme comme nos anciens Romains.

Toutes les idées d'avenir, toutes les tristes suggestions du bon sens disparurent ; ce fut un instant d'amour parfait. Lorsque l'on put parler raison :

— Je serai en Romagne presque aussitôt que toi, dit Vanina. Je vais me faire ordonner les bains de la *Poretta*. Je m'arrêterai au château que nous avons à San Nicolò près de Forli...

— Là, je passerai ma vie avec toi ! s'écria Missirilli.

— Mon lot désormais est de tout oser, reprit Vanina avec un soupir. Je me perdrai pour toi, mais n'importe... Pourras-tu aimer une fille déshonorée ?

— N'es-tu pas ma femme, dit Missirilli, et une femme à jamais adorée ? Je saurai t'aimer et te protéger.

Il fallait que Vanina allât dans le monde. À peine eut-elle quitté Missirilli, qu'il commença à trouver sa conduite barbare.

« Qu'est-ce que la *patrie* ? se dit-il. Ce n'est pas un être à qui nous devions de la reconnaissance pour un bienfait, et qui soit malheureux et puisse nous maudire si nous y manquons. La *patrie* et la *liberté*, c'est comme mon manteau, c'est une chose qui m'est utile, que je dois acheter, il est vrai, quand je ne l'ai pas reçue en héritage de mon père ; mais enfin j'aime la patrie et la liberté, parce que ces deux choses me sont utiles. Si je n'en ai que faire, si elles sont pour moi comme un manteau au mois d'août, à quoi bon les acheter, et à un prix énorme ? Vanina est si belle ! elle a un génie si singulier ! On cherchera à lui plaire ; elle m'oubliera. Quelle est la femme qui n'a jamais eu qu'un amant ? Ces princes romains, que je méprise comme citoyens, ont tant d'avantages sur moi ! Ils doivent être bien aimables ! Ah, si je pars, elle m'oublie, et je la perds pour jamais. »

Au milieu de la nuit, Vanina vint le voir ; il lui dit l'incertitude où il venait d'être plongé, et la discussion à laquelle, parce qu'il l'aimait, il avait livré ce grand mot de *patrie*. Vanina était bien heureuse.

« S'il devait choisir absolument entre la patrie et moi, se disait-elle, j'aurais la préférence. »

L'horloge de l'église voisine sonna trois heures ; le moment des derniers adieux arrivait. Pietro s'arracha des bras de son amie. Il descendait déjà le petit escalier, lorsque Vanina, retenant ses larmes, lui dit en souriant :

— Si tu avais été soigné par une pauvre femme de la campagne, ne ferais-tu rien pour la reconnaissance ? Ne chercherais-tu pas à la payer ? L'avenir est incertain, tu vas voyager au milieu de tes ennemis : donne-moi trois jours par reconnaissance, comme si j'étais une pauvre femme, et pour me payer de mes soins.

Missirilli resta. Enfin il quitta Rome. Grâce à un passeport acheté d'une ambassade étrangère, il arriva dans sa famille. Ce fut une grande joie ; on le croyait mort. Ses amis voulurent célébrer sa bienvenue en tuant un carabinier ou deux (c'est le nom que portent les gendarmes dans les États du pape).

— Ne tuons pas sans nécessité un Italien qui sait le maniement des armes, dit Missirilli ; notre patrie n'est pas une île comme l'heureuse Angleterre : c'est de soldats que nous manquons pour résister à l'intervention des rois de l'Europe.

Quelque temps après, Missirilli, serré de près par les carabiniers, en tua deux avec les pistolets que Vanina lui avait donnés. On mit sa tête à prix.

Vanina ne paraissait pas en Romagne : Missirilli se crut oublié. Sa vanité fut choquée ; il commençait à songer beaucoup à la différence de rang qui le séparait de sa maîtresse. Dans un moment d'attendrissement et de regret du bonheur passé, il eut l'idée de retourner à Rome voir ce que faisait Vanina. Cette folle pensée allait l'emporter sur ce qu'il croyait être son devoir, lorsqu'un soir la cloche d'une église de la montagne sonna *l'Angelus* d'une façon singulière, et comme si le sonneur avait une distraction. C'était un signal de réunion pour la *vente* de carbonari à laquelle

Missirilli s'était affilié en arrivant en Romagne. La même nuit, tous se trouvèrent à un certain ermitage dans les bois. Les deux ermites, assoupis par l'opium, ne s'aperçurent nullement de l'usage auquel servait leur petite maison. Missirilli qui arrivait fort triste, apprit là que le chef de la *vente* avait été arrêté, et que lui, jeune homme à peine âgé de vingt ans, allait être élu chef d'une *vente* qui comptait des hommes de plus de cinquante ans, et qui étaient dans les conspirations depuis l'expédition de Murat en 1815. En recevant cet honneur inespéré, Pietro sentit battre son cœur. Dès qu'il fut seul, il résolut de ne plus songer à la jeune Romaine qui l'avait oublié, et de consacrer toutes ses pensées au devoir de *délivrer l'Italie des barbares*.

Deux jours après, Missirilli vit dans le rapport des arrivées et des départs qu'on lui adressait, comme chef de *vente*, que la princesse Vanina venait d'arriver à son château de San Nicolò. La lecture de ce nom jeta plus de trouble que de plaisir dans son âme. Ce fut en vain qu'il crut assurer sa fidélité à la patrie en prenant sur lui de ne pas voler le soir même au château de San Nicolò ; l'idée de Vanina, qu'il négligeait, l'empêcha de remplir ses devoirs d'une façon raisonnable. Il la vit le lendemain ; elle l'aimait comme à Rome. Son père, qui voulait la marier, avait retardé son départ. Elle apportait deux mille sequins[1]. Ce secours imprévu servit merveilleusement à accréditer Missirilli dans sa nouvelle dignité. On fit fabriquer

---

1. *Sequins* : ancienne monnaie d'or.

des poignards à Corfou ; on gagna le secrétaire intime du légat, chargé de poursuivre les carbonari. On obtint ainsi la liste des curés qui servaient d'espions au gouvernement.

C'est à cette époque que finit de s'organiser l'une des moins folles conspirations qui aient été tentées dans la malheureuse Italie. Je n'entrerai point ici dans des détails déplacés. Je me contenterai de dire que si le succès eût couronné l'entreprise, Missirilli eût pu réclamer une bonne part de la gloire. Par lui, plusieurs milliers d'insurgés se seraient levés à un signal donné, et auraient attendu en armes l'arrivée des chefs supérieurs. Le moment décisif approchait, lorsque, comme cela arrive toujours, la conspiration fut paralysée par l'arrestation des chefs.

À peine arrivée en Romagne, Vanina crut voir que l'amour de la patrie ferait oublier à son amant tout autre amour. La fierté de la jeune Romaine s'irrita. Elle essaya en vain de se raisonner ; un noir chagrin s'empara d'elle : elle se surprit à maudire la liberté. Un jour qu'elle était venue à Forli pour voir Missirilli, elle ne fut pas maîtresse de sa douleur, que toujours jusque-là son orgueil avait su maîtriser.

— En vérité, lui dit-elle, vous m'aimez comme un mari ; ce n'est pas mon compte.

Bientôt ses larmes coulèrent ; mais c'était de honte de s'être abaissée jusqu'aux reproches. Missirilli répondit à ces larmes en homme préoccupé. Tout à coup Vanina eut l'idée de le quitter et de retourner à Rome. Elle trouva une joie cruelle à se punir de la faiblesse qui venait de la faire parler. Au bout de peu d'instants de silence, son parti fut pris ; elle se fût trouvée indigne de Missirilli si elle ne l'eût pas quitté. Elle jouissait de sa surprise douloureuse quand il la chercherait en vain auprès de lui. Bientôt l'idée de n'avoir pu obtenir l'amour de l'homme pour qui elle avait fait tant de folies l'attendrit profondément. Alors elle rompit le silence, et fit tout au monde pour lui arracher une parole d'amour. Il lui dit d'un air distrait des choses fort tendres ; mais ce fut avec un accent bien autrement profond qu'en parlant de ses entreprises politiques, il s'écria avec douleur :

— *Ah ! si cette affaire-ci ne réussit pas, si le gouvernement la découvre encore, je quitte la partie.*

Vanina resta immobile. Depuis une heure, elle sentait qu'elle voyait son amant pour la dernière fois. Le mot qu'il prononçait jeta une lumière fatale dans son esprit. Elle se dit :

« Les carbonari ont reçu de moi plusieurs milliers de sequins. On ne peut douter de mon dévouement à la conspiration. »

Vanina ne sortit de sa rêverie que pour dire à Pietro :

— Voulez-vous venir passer vingt-quatre heures avec moi au château de San Nicolò ? Votre assemblée de ce soir n'a pas besoin de ta présence. Demain matin, à San Nicolò, nous pourrons nous promener ; cela calmera ton agitation et te rendra tout le sang-froid dont tu as besoin dans ces grandes circonstances.

Pietro y consentit.

Vanina le quitta pour les préparatifs du voyage, en fermant à clef, comme de coutume, la petite chambre où elle l'avait caché.

Elle courut chez une de ses femmes de chambre qui l'avait quittée pour se marier et prendre un petit commerce à Forli. Arrivée chez cette femme, elle écrivit à la hâte, à la marge d'un livre d'Heures[1] qu'elle trouva dans sa chambre, l'indication exacte du lieu où la *vente* des carbonari devait se réunir cette nuit-là même. Elle termina sa dénonciation par ces mots : « Cette *vente* est composée de dix-neuf membres ; voici leurs noms et leurs adresses. » Après avoir écrit cette liste, très exacte à cela près que le nom de Missirilli était omis, elle dit à la femme, dont elle était sûre :

— Porte ce livre au cardinal-légat ; qu'il lise ce qui est écrit, et qu'il te rende le livre. Voici dix sequins ; si jamais le légat prononce ton nom, la mort est certaine ; mais tu me sauves la vie si tu fais lire au légat la page que je viens d'écrire.

Tout se passa à merveille. La peur du légat fit qu'il ne se conduisit point en grand seigneur. Il permit à la femme du peuple qui demandait à lui parler de ne paraître devant lui que masquée, mais à condition qu'elle aurait les mains liées. En cet état, la marchande fut introduite devant le grand personnage, qu'elle trouva retranché derrière une immense table, couverte d'un tapis vert.

Le légat lut la page du livre d'Heures, en le tenant fort loin de lui, de peur d'un poison subtil. Il le rendit à la marchande, et ne la fit point suivre. Moins de quarante minutes après avoir quitté son amant,

---

1. *Livre d'Heures* : livre de prières.

Vanina, qui avait vu revenir son ancienne femme de chambre, repartit devant Missirilli, croyant que désormais il était tout à elle. Elle lui dit qu'il y avait un mouvement extraordinaire dans la ville ; on remarquait des patrouilles de carabiniers dans des rues où ils ne venaient jamais.

— Si tu veux m'en croire, ajouta-t-elle, nous partirons à l'instant même pour San Nicolò.

Missirilli y consentit. Ils gagnèrent à pied la voiture de la jeune princesse, qui, avec sa dame de compagnie, confidente discrète et bien payée, l'attendait à une demi-lieue[1] de la ville.

Arrivée au château de San Nicolò, Vanina, troublée par son étrange démarche, redoubla de tendresse pour son amant. Mais en lui parlant d'amour, il lui semblait qu'elle jouait la comédie. La veille, en trahissant, elle avait oublié le remords. En serrant son amant dans ses bras, elle se disait : « Il y a un certain mot qu'on peut lui dire, et ce mot prononcé, à l'instant et pour toujours, il me prend en horreur. »

Au milieu de la nuit, un des domestiques de Vanina entra brusquement dans sa chambre. Cet homme était carbonaro sans qu'elle s'en doutât. Missirilli avait donc des secrets pour elle, même pour ces détails. Elle frémit. Cet homme venait avertir Missirilli que dans la nuit, à Forli, les maisons de dix-neuf carbonari avaient été cernées, et eux arrêtés au moment où ils revenaient de la *vente*. Quoique pris à l'improviste, neuf s'étaient échappés. Les carabiniers avaient pu en

---

1. *Demi-lieue* : une lieue vaut 4 445 mètres.

conduire dix dans la prison de la citadelle. En y entrant, l'un d'eux s'était jeté dans le puits, si profond, et s'était tué. Vanina perdit contenance ; heureusement Pietro ne le remarqua pas : il eût pu lire son crime dans ses yeux.

Dans ce moment, ajouta le domestique, la garnison de Forli forme une file dans toutes les rues. Chaque soldat est assez rapproché de son voisin pour lui parler. Les habitants ne peuvent traverser d'un côté de la rue à l'autre, que là où un officier est placé.

Après la sortie de cet homme, Pietro ne fut pensif qu'un instant :

— Il n'y a rien à faire pour le moment, dit-il enfin.

Vanina était mourante ; elle tremblait sous les regards de son amant.

— Qu'avez-vous donc d'extraordinaire ? lui dit-il.

Puis il pensa à autre chose, et cessa de la regarder.

Vers le milieu de la journée, elle se hasarda à lui dire :

— Voilà encore une *vente* de découverte ; je pense que vous allez être tranquille pour quelque temps.

— *Très tranquille*, répondit Missirilli avec un sourire qui la fit frémir.

Elle alla faire une visite indispensable au curé du village de San Nicolò, peut-être espion des jésuites. En rentrant pour dîner à sept heures, elle trouva déserte la petite chambre où son amant était caché. Hors d'elle-même, elle courut le chercher dans toute la maison ; il n'y était point. Désespérée, elle revint dans cette petite chambre, ce fut alors seulement qu'elle vit un billet ; elle lut :

« *Je vais me rendre prisonnier au légat : je désespère de notre cause ; le ciel est contre nous. Qui nous a trahis ? apparemment le misérable qui s'est jeté dans le puits. Puisque ma vie est inutile à la pauvre Italie, je ne veux pas que mes camarades, en voyant que, seul, je ne suis pas arrêté, puissent se figurer que je les ai vendus. Adieu ; si vous m'aimez, songez à me venger. Perdez, anéantissez l'infâme qui nous a trahis, fût-ce mon père.* »

Vanina tomba sur une chaise, à demi évanouie et plongée dans le malheur le plus atroce. Elle ne pouvait proférer aucune parole ; ses yeux étaient secs et brûlants.

Enfin elle se précipita à genoux :

— Grand Dieu ! s'écria-t-elle, recevez mon vœu ; oui, je punirai l'infâme qui a trahi ; mais auparavant il faut rendre la liberté à Pietro.

Une heure après, elle était en route pour Rome. Depuis longtemps son père la pressait de revenir. Pendant son absence, il avait arrangé son mariage avec le prince Livio Savelli. À peine Vanina fut-elle arrivée, qu'il lui en parla en tremblant. À son grand étonnement, elle consentit dès le premier mot. Le soir même, chez la comtesse Vitteleschi, son père lui présenta presque officiellement don Livio ; elle lui parla beaucoup. C'était le jeune homme le plus élégant et qui avait les plus beaux chevaux ; mais quoiqu'on lui reconnût beaucoup d'esprit, son caractère passait pour tellement léger, qu'il n'était nullement suspect au gouvernement. Vanina pensa qu'en lui faisant d'abord tourner la tête, elle en ferait un agent commode. Comme il était neveu de monsignor Savelli-Catanzara, gouverneur de Rome et ministre de la police, elle supposait que les espions n'oseraient le suivre.

Après avoir fort bien traité, pendant quelques jours, l'aimable don Livio, Vanina lui annonça que jamais il ne serait son époux ; il avait, suivant elle, la tête trop légère.

— Si vous n'étiez pas un enfant, lui dit-elle, les commis de votre oncle n'auraient pas de secrets pour vous. Par exemple, quel parti prend-on à l'égard des carbonari découverts récemment à Forli ?

Don Livio vint lui dire, deux jours après, que tous les carbonari pris à Forli s'étaient évadés. Elle arrêta sur lui ses grands yeux noirs avec le sourire amer du plus profond mépris, et ne daigna pas lui parler de toute la soirée. Le surlendemain, don Livio vint lui avouer, en rougissant, que d'abord on l'avait trompé.

— Mais, lui dit-il, je me suis procuré une clef du cabinet de mon oncle ; j'ai vu par les papiers que j'y ai trouvés qu'une *congrégation* (ou commission), composée des cardinaux et des prélats les plus en crédit, s'assemble dans le plus grand secret, et délibère sur la question de savoir s'il convient de juger ces carbonari à Ravenne ou à Rome. Les neuf carbonari pris à Forli, et leur chef, un nommé Missirilli, qui a eu la sottise de se rendre, sont en ce moment détenus au château de San Leo.

À ce mot de *sottise*, Vanina pinça le prince de toute sa force.

— Je veux moi-même, lui dit-elle, voir les papiers officiels et entrer avec vous dans le cabinet de votre oncle ; vous aurez mal lu.

À ces mots, don Livio frémit ; Vanna lui demandait une chose presque impossible ; mais le génie bizarre de cette jeune fille redoublait son amour. Peu de jours après, Vanina, déguisée en homme et portant un joli petit habit à la livrée de la casa Savelli, put passer une demi-heure au milieu des papiers les plus secrets du ministre de la police. Elle eut un mouvement de vif bonheur, lorsqu'elle découvrit le rapport journalier du *prévenu Pietro Missirilli*. Ses mains tremblaient en tenant ce papier. En relisant ce nom, elle fut sur le point de se trouver mal. Au sortir du palais du gouverneur de Rome, Vanina permit à don Livio de l'embrasser.

— Vous vous tirez bien, lui dit-elle, des épreuves auxquelles je veux vous soumettre.

Après un tel mot, le jeune prince eût mis le feu au Vatican pour plaire à Vanina. Ce soir-là, il y avait bal chez l'ambassadeur de France ; elle dansa beaucoup et presque toujours avec lui. Don Livio était ivre de bonheur, il fallait l'empêcher de réfléchir.

— Mon père est quelquefois bizarre, lui dit un jour Vanina, il a chassé ce matin deux de ses gens qui sont venus pleurer chez moi. L'un m'a demandé d'être placé chez votre oncle le gouverneur de Rome ; l'autre, qui a été soldat d'artillerie sous les Français, voudrait être employé au château Saint-Ange.

— Je les prends tous les deux à mon service, dit vivement le jeune prince.

— Est-ce là ce que je vous demande ? répliqua fièrement Vanina. Je vous répète textuellement la prière de ces pauvres gens ; ils doivent obtenir ce qu'ils ont demandé, et pas autre chose.

Rien de plus difficile. Monsignor Catanzara n'était rien moins qu'un homme léger, et n'admettait dans sa maison que des gens de lui bien connus. Au milieu d'une vie remplie, en apparence, par tous les plaisirs, Vanina, bourrelée de remords, était fort malheureuse. La lenteur des événements la tuait. L'homme d'affaires de son père lui avait procuré de l'argent. Devait-elle fuir la maison paternelle et aller en Romagne essayer de faire évader son amant ? Quelque déraisonnable que fût cette idée, elle était sur le point de la mettre à exécution lorsque le hasard eut pitié d'elle.

Don Livio lui dit :

— Les dix carbonari de la *vente* Missirilli vont être transférés à Rome, sauf à être exécutés en Romagne, après leur condamnation. Voilà ce que mon oncle vient d'obtenir du pape ce soir. Vous et moi sommes les seuls dans Rome qui sachions ce secret. Êtes-vous contente ?

— Vous devenez un homme, répondit Vanina ; faites-moi cadeau de votre portrait.

La veille du jour où Missirilli devait arriver à Rome, Vanina prit un prétexte pour aller à Città-Castellana. C'est dans la prison de cette ville que l'on fait coucher les carbonari que l'on transfère de la Romagne à Rome. Elle vit Missirilli le matin, comme il sortait de la prison : il était enchaîné seul sur une charrette ; il lui parut fort pâle, mais nullement découragé. Une vieille femme lui jeta un bouquet de violettes, Missirilli sourit en la remerciant.

Vanina avait vu son amant, toutes ses pensées semblèrent renouvelées ; elle eut un nouveau courage. Dès longtemps elle avait fait obtenir un bel avancement à M. l'abbé Cari, aumônier du château Saint-Ange, où son amant allait être enfermé ; elle avait pris ce bon prêtre pour confesseur. Ce n'est pas peu de chose à Rome que d'être confesseur d'une princesse, nièce du gouverneur.

Le procès des carbonari de Forli ne fut pas long. Pour se venger de leur arrivée à Rome, qu'il n'avait pu empêcher, le parti ultra fit composer la commission qui devait les juger des prélats les plus ambitieux. Cette commission fut présidée par le ministre de la police.

La loi contre les carbonari est claire : ceux de Forli ne pouvaient conserver aucun espoir ; ils n'en défendirent pas moins leur vie par tous les subterfuges possibles. Non seulement leurs juges les condamnèrent à mort, mais plusieurs opinèrent pour des supplices atroces, le poing coupé, etc. Le ministre de la police dont la fortune était faite (car on ne quitte cette place que pour prendre le chapeau) n'avait nul besoin de poing coupé ; en portant la sentence au pape, il fit commuer en quelques années de prison la peine de tous les condamnés. Le seul Pietro Missirilli fut excepté. Le ministre voyait dans ce jeune homme un fanatique dangereux, et d'ailleurs il avait aussi été condamné à mort comme coupable de meurtre sur les deux carabiniers dont nous avons parlé. Vanina sut la sentence et la commutation peu d'instants après que le ministre fut revenu de chez le pape.

Le lendemain, monsignor Catanzara rentra dans son palais vers le minuit, il ne trouva point son valet de chambre ; le ministre, étonné, sonna plusieurs fois ; enfin parut un vieux domestique imbécile : le ministre, impatienté, prit le parti de se déshabiller lui-même. Il ferma sa porte à clef ; il faisait fort chaud : il prit son habit et le lança en paquet sur une chaise. Cet habit, jeté avec trop de force, passa par-dessus la chaise, alla frapper le rideau de mousseline de la fenêtre, et dessina la forme d'un homme. Le ministre se jeta rapidement vers son lit et saisit un pistolet. Comme il revenait près de la fenêtre, un fort jeune homme, couvert de sa livrée, s'approcha de lui le pistolet à la main. À cette vue, le ministre approcha le pistolet de son œil ; il allait tirer. Le jeune homme lui dit en riant :

— Eh quoi ! monseigneur, ne reconnaissez-vous pas Vanina Vanini ?

— Que signifie cette mauvaise plaisanterie ? répliqua le ministre en colère.

— Raisonnons froidement, dit la jeune fille. D'abord votre pistolet n'est pas chargé.

Le ministre, étonné, s'assura du fait ; après quoi il tira un poignard de la poche de son gilet.

Vanina lui dit avec un petit air d'autorité charmant :

— Asseyons-nous, monseigneur.

Et elle prit place tranquillement sur un canapé.

— Êtes-vous seule au moins ? dit le ministre.

— Absolument seule, je vous le jure ! s'écria Vanina.

C'est ce que le ministre eut soin de vérifier : il fit le tour de la chambre et regarda partout ; après quoi il s'assit sur une chaise à trois pas de Vanina.

— Quel intérêt aurais-je, dit Vanina d'un air doux et tranquille, d'attenter aux jours d'un homme modéré, qui probablement serait remplacé par quelque homme faible à tête chaude, capable de se perdre soi et les autres ?

— Que voulez-vous donc, mademoiselle ? dit le ministre avec humeur. Cette scène ne me convient point et ne doit pas durer.

— Ce que je vais ajouter, reprit Vanina avec hauteur, et oubliant tout à coup son air gracieux, importe à vous plus qu'à moi. On veut que le carbonaro Missirilli ait la vie sauve : s'il est exécuté, vous ne lui survivrez pas d'une semaine. Je n'ai aucun intérêt à tout ceci ; la folie dont vous vous plaignez, je l'ai faite pour m'amuser d'abord, et ensuite pour servir une de mes amies. J'ai voulu, continua Vanina, en reprenant son air de bonne compagnie, j'ai voulu rendre service à un homme d'esprit, qui bientôt sera mon oncle, et doit porter loin, suivant toute apparence, la fortune de sa maison.

Le ministre quitta l'air fâché : la beauté de Vanina contribua sans doute à ce changement rapide. On connaissait dans Rome le goût de monseigneur Catanzara pour les jolies femmes, et, dans son déguisement en valet de pied de la casa Savelli, avec des bas de soie bien tirés, une veste rouge, son petit habit bleu de ciel galonné d'argent, et le pistolet à la main, Vanina était ravissante.

— Ma future nièce, dit le ministre presque en riant, vous faites là une haute folie, et ce ne sera pas la dernière.

— J'espère qu'un personnage aussi sage, répondit Vanina, me gardera le secret, et surtout envers don Livio, et pour vous y engager, mon cher oncle, si vous m'accordez la vie du protégé de mon amie, je vous donnerai un baiser.

Ce fut en continuant la conversation sur ce ton de demi-plaisanterie, avec lequel les dames romaines savent traiter les plus grandes affaires, que Vanina parvint à donner à cette entrevue, commencée le pistolet à la main, la couleur d'une visite faite par la jeune princesse Savelli à son oncle le gouverneur de Rome.

Bientôt monseigneur Catanzara, tout en rejetant avec hauteur l'idée de s'en laisser imposer par la crainte, en fut à raconter à sa nièce toutes les difficultés qu'il rencontrerait pour sauver la vie de Missirilli. En discutant, le ministre se promenait dans la chambre avec Vanina ; il prit une carafe de limonade qui était sur sa cheminée et en remplit un verre de cristal. Au moment où il allait le porter à ses lèvres, Vanina s'en empara, et, après l'avoir tenu quelque temps, le laissa tomber dans le jardin comme par distraction. Un instant après, le ministre prit une pastille de chocolat dans une bonbonnière, Vanina la lui enleva, et lui dit en riant :

— Prenez donc garde, tout chez vous est empoisonné ; car on voulait votre mort. C'est moi qui ai obtenu la grâce de mon oncle futur, afin de ne pas entrer dans la famille Savelli absolument les mains vides.

Monseigneur Catanzara, fort étonné, remercia sa nièce, et donna de grandes espérances pour la vie de Missirilli.

— Notre marché est fait ! s'écria Vanina, et la preuve, c'est qu'en voici la récompense, dit-elle en l'embrassant.

Le ministre prit la récompense.

— Il faut que vous sachiez, ma chère Vanina, ajouta-t-il, que je n'aime pas le sang, moi. D'ailleurs, je suis jeune encore, quoique peut-être je vous paraisse bien vieux, et je puis vivre à une époque où le sang versé aujourd'hui fera tache.

Deux heures sonnaient quand monseigneur Catanzara accompagna Vanina jusqu'à la petite porte de son jardin.

Le surlendemain, lorsque le ministre parut devant le pape, assez embarrassé de la démarche qu'il avait à faire, Sa Sainteté lui dit :

— Avant tout, j'ai une grâce à vous demander. Il y a un de ces carbonari de Forli qui est resté condamné à mort ; cette idée m'empêche de dormir : il faut sauver cet homme.

Le ministre, voyant que le pape avait pris son parti, fit beaucoup d'objections, et finit par écrire un décret ou *motu proprio*, que le pape signa, contre l'usage.

Vanina avait pensé que peut-être elle obtiendrait la grâce de son amant, mais qu'on tenterait de l'empoisonner. Dès la veille, Missirilli avait reçu de l'abbé Cari, son confesseur, quelques petits paquets de biscuits de mer, avec l'avis de ne pas toucher aux aliments fournis par l'État.

Vanina ayant su après que les carbonari de Forli allaient être transférés au château de San Leo, voulut essayer de voir Missirilli à son passage à Città-Castellana ; elle arriva dans cette ville vingt-quatre heures avant les prisonniers ; elle y trouva l'abbé Cari, qui l'avait précédée de plusieurs jours. Il avait obtenu du geôlier que Missirilli pourrait entendre la messe, à minuit, dans la chapelle de la prison. On alla plus loin : si Missirilli voulait consentir à se laisser lier les bras et les jambes par une chaîne, le geôlier se retirerait vers la porte de la chapelle, de manière à voir toujours le prisonnier, dont il était responsable, mais à ne pouvoir entendre ce qu'il dirait.

Le jour qui devait décider du sort de Vanina parut enfin. Dès le matin, elle s'enferma dans la chapelle de la prison. Qui pourrait dire les pensées qui l'agitèrent durant cette longue journée ? Missirilli l'aimait-il assez pour lui pardonner ? Elle avait dénoncé sa *vente*, mais elle lui avait sauvé la vie. Quand la raison prenait le dessus dans cette âme bourrelée, Vanina espérait qu'il voudrait consentir à quitter l'Italie avec elle : si elle avait péché, c'était par excès d'amour. Comme quatre heures sonnaient, elle entendit de loin, sur le pavé, les pas des chevaux des carabiniers. Le bruit de chacun de ces pas semblait retentir dans son cœur. Bientôt elle distingua le roulement des charrettes qui transportaient les prisonniers. Elles s'arrêtèrent sur la petite place devant la prison ; elle vit deux carabiniers soulever Missirilli, qui était seul sur une charrette, et tellement chargé de fers qu'il ne pouvait se mouvoir. « Du moins il vit, se dit-elle les larmes aux yeux, ils ne l'ont pas encore empoisonné ! » La soirée fut cruelle ; la lampe de l'autel, placée à une grande hauteur, et pour laquelle le geôlier épargnait l'huile, éclairait seule cette chapelle sombre. Les yeux de Vanina erraient sur les tombeaux de quelques grands seigneurs du Moyen Âge morts dans la prison voisine. Leurs statues avaient l'air féroce.

Tous les bruits avaient cessé depuis longtemps ; Vanina était absorbée dans ses noires pensées. Un peu après que minuit eut sonné, elle crut entendre un bruit léger comme le vol d'une chauve-souris. Elle voulut marcher, et tomba à demi évanouie sur la balustrade de l'autel. Au même instant, deux fantômes se trouvèrent tout près d'elle, sans qu'elle les eût entendus venir. C'étaient le geôlier et Missirilli chargé de chaînes, au point qu'il en était comme emmailloté. Le geôlier ouvrit une lanterne, qu'il posa sur la balustrade de l'autel, à côté de Vanina, de façon à ce qu'il pût bien voir son prisonnier. Ensuite il se retira dans le fond, près de la porte. À peine le geôlier se fut-il éloigné que Vanina se précipita au cou de Missirilli. En le serrant dans ses bras, elle ne sentit que ses chaînes froides et pointues. « Qui les lui a données ces chaînes ? » pensa-t-elle. Elle n'eut aucun plaisir à embrasser son amant. À cette douleur en succéda une autre plus poignante ; elle crut un instant que Missirilli savait son crime, tant son accueil fut glacé.

— Chère amie, lui dit-il enfin, je regrette l'amour que vous avez pris pour moi ; c'est en vain que je cherche le mérite qui a pu vous l'inspirer. Revenons, croyez-m'en, à des sentiments plus chrétiens, oublions les illusions qui jadis nous ont égarés ; je ne puis vous appartenir. Le malheur constant qui a suivi mes entreprises vient peut-être de l'état de péché mortel où je me suis constamment trouvé. Même à n'écouter que les conseils de la prudence humaine, pourquoi n'ai-je pas été arrêté avec mes amis, lors de la fatale nuit de Forli ? Pourquoi, à l'instant du danger, ne me trouvais-je pas à mon poste ? Pourquoi mon absence a-t-elle pu autoriser les soupçons les plus cruels ? J'avais une autre passion que celle de la liberté de l'Italie.

Vanina ne revenait pas de la surprise que lui causait le changement de Missirilli. Sans être sensiblement maigri, il avait l'air d'avoir trente ans. Vanina attribua ce changement aux mauvais traitements qu'il avait soufferts en prison, elle fondit en larmes.

— Ah ! lui dit-elle, les geôliers avaient tant promis qu'ils te traiteraient avec bonté.

Le fait est qu'à l'approche de la mort, tous les principes religieux qui pouvaient s'accorder avec la passion pour la liberté de l'Italie avaient reparu dans le cœur du jeune carbonaro. Peu à peu Vanina s'aperçut que le changement étonnant qu'elle remarquait chez son amant était tout moral, et nullement l'effet de mauvais traitements physiques. Sa douleur, qu'elle croyait au comble, en fut encore augmentée.

Missirilli se taisait ; Vanina semblait sur le point d'être étouffée par ses sanglots. Il ajouta d'un air un peu ému lui-même :

— Si j'aimais quelque chose sur la terre, ce serait vous, Vanina ; mais grâce à Dieu, je n'ai plus qu'un seul but dans ma vie : je mourrai en prison, ou en cherchant à donner la liberté à l'Italie.

Il y eut encore un silence ; évidemment Vanina ne pouvait parler : elle l'essayait en vain. Missirilli ajouta :

— Le devoir est cruel, mon amie ; mais s'il n'y avait pas un peu de peine à l'accomplir, où serait l'héroïsme ? Donnez-moi votre parole que vous ne chercherez plus à me voir.

Autant que sa chaîne assez serrée le lui permettait, il fit un petit mouvement du poignet, et tendit les doigts à Vanina.

— Si vous permettez un conseil à un homme qui vous fut cher, mariez-vous sagement à l'homme de mérite que votre père vous destine. Ne lui faites aucune confidence fâcheuse ; mais, d'un autre côté, ne cherchez jamais à me revoir ; soyons désormais étrangers l'un à l'autre. Vous avez avancé une somme considérable pour le service de la patrie si jamais elle est délivrée de ses tyrans, cette somme vous sera fidèlement payée en biens nationaux.

Vanina était atterrée. En lui parlant, l'œil de Pietro n'avait brillé qu'au moment où il avait nommé la patrie.

Enfin l'orgueil vint au secours de la jeune princesse ; elle s'était munie* de diamants et de petites limes. Sans répondre à Missirilli, elle les lui offrit.

— J'accepte par devoir, lui dit-il, car je dois chercher à m'échapper ; mais je ne vous verrai jamais, je le jure en présence de vos nouveaux bienfaits. Adieu,

* munition : guerre

Vanina ; promettez-moi de ne jamais m'écrire, de ne jamais chercher à me voir ; laissez-moi tout à la patrie, je suis mort pour vous : adieu.

— Non, reprit Vanina furieuse, je veux que tu saches ce que j'ai fait, guidée par l'amour que j'avais pour toi.

Alors elle lui raconta toutes ses démarches depuis le moment où Missirilli avait quitté le château de San Nicolò, pour aller se rendre au légat. Quand ce récit fut terminé :

— Tout cela n'est rien, dit Vanina : j'ai fait plus, par amour pour toi.

Alors elle lui dit sa trahison.

— Ah ! monstre, s'écria Pietro furieux, en se jetant sur elle, et il cherchait à l'assommer avec ses chaînes.

Il y serait parvenu sans le geôlier qui accourut aux premiers cris. Il saisit Missirilli.

— Tiens, monstre, je ne veux rien te devoir, dit Missirilli à Vanina, en lui jetant, autant que ses chaînes le lui permettaient, les limes et les diamants, et il s'éloigna rapidement.

Vanina resta anéantie. Elle revint à Rome ; et le journal annonce qu'elle vient d'épouser le prince don Livio Savelli.

La Vendetta

*

Balzac

*Dédié à Puttinati,
Sculpteur milanais*

En 1800, vers la fin du mois d'octobre, un étranger, accompagné d'une femme et d'une petite fille, arriva devant les Tuileries à Paris, et se tint assez longtemps auprès des décombres d'une maison récemment démolie à l'endroit où s'élève aujourd'hui l'aile commencée qui devait unir le château de Catherine de Médicis au Louvre des Valois. Il resta là, debout, les bras croisés, la tête inclinée, et la relevait parfois pour regarder alternativement le palais consulaire, et sa femme assise auprès de lui sur une pierre. Quoique l'inconnue parût ne s'occuper que de la petite fille âgée de neuf à dix ans dont les longs cheveux noirs étaient comme un amusement entre ses mains, elle ne perdait aucun des regards que lui adressait son compagnon. Un même sentiment, autre que l'amour, unissait ces deux êtres, et animait d'une même inquiétude leurs mouvements et leurs pensées. La misère est peut-être le plus puissant de tous les liens. L'étranger avait une de ces têtes abondantes en cheveux, larges et graves, qui se sont souvent offertes au pinceau des Carrache. Ces cheveux si noirs étaient mélangés d'une grande quantité de cheveux blancs. Quoique nobles et fiers, ses traits avaient un ton de dureté qui les gâtait. Malgré sa force et sa taille droite, il semblait avoir plus de soixante ans. Ses vêtements délabrés annonçaient qu'il venait d'un pays étranger. Quoique la figure jadis belle et alors flétrie de la femme trahît une tristesse profonde, quand son mari la regardait elle s'efforçait de sourire en affectant une contenance calme. La petite fille restait debout, malgré la fatigue dont les marques frappaient son jeune visage hâlé par le soleil. Elle avait une tournure italienne, de grands yeux noirs sous des sourcils bien arqués, une noblesse native, une grâce vraie. Plus d'un passant se sentait ému au seul aspect de ce groupe dont les personnages ne faisaient aucun effort pour cacher un désespoir aussi profond que l'expression en était simple ; mais la source de cette fugitive obligeance qui distingue les Parisiens se tarissait promptement. Aussitôt que l'inconnu se croyait l'objet de l'attention de quelque oisif, il le regardait d'un air si farouche, que le flâneur le plus intrépide hâtait le pas comme s'il eût marché sur un serpent. Après être demeuré longtemps indécis, tout à coup le grand étranger passa la main sur son front, il en chassa, pour ainsi dire, les pensées qui l'avaient sillonné de rides, et prit sans doute un parti désespéré. Après avoir jeté un regard perçant sur sa femme et sur sa fille, il tira de sa veste un long poignard, le tendit à sa compagne, et lui dit en italien : « Je vais voir si les Bonaparte se souviennent de nous. » Et il marcha d'un pas lent et assuré vers l'entrée du palais, où il fut naturellement arrêté par un soldat de la garde consulaire avec lequel il ne put longtemps discuter. En s'apercevant de l'obstination de l'inconnu, la sentinelle lui présenta sa baïonnette en manière d'*ultimatum*. Le hasard voulut que l'on vînt en ce moment relever le soldat de sa faction, et le caporal indiqua fort obligeamment à l'étranger l'endroit où se tenait le commandant du poste.

« Faites savoir à Bonaparte que Bartholoméo di Piombo voudrait lui parler », dit l'Italien au capitaine de service.

Cet officier eut beau représenter à Bartholoméo qu'on ne voyait pas le Premier consul sans lui avoir préalablement demandé par écrit une audience, l'étranger voulut absolument que le militaire allât prévenir Bonaparte. L'officier objecta les lois de la consigne, et refusa formellement d'obtempérer à l'ordre de ce singulier solliciteur. Bartholoméo fronça le sourcil, jeta sur le commandant un regard terrible, et sembla le rendre responsable des malheurs que ce refus pouvait occasionner puis il garda le silence, se croisa fortement les bras sur la poitrine, et alla se placer sous le portique qui sert de communication entre la cour et le jardin des Tuileries. Les gens qui veulent fortement une chose sont presque toujours bien servis par le hasard. Au moment où Bartholoméo di Piombo s'asseyait sur une des bornes qui sont auprès de l'entrée des Tuileries, il arriva une voiture d'où descendit Lucien Bonaparte, alors ministre de l'Intérieur.

« Ah ! Loucian, il est bien heureux pour moi de te rencontrer », s'écria l'étranger.

Ces mots, prononcés en patois corse, arrêtèrent Lucien au moment où il s'élançait sous la voûte, il regarda son compatriote et le reconnut. Au premier mot que Bartholoméo lui dit à l'oreille, il emmena le Corse avec lui. Murat, Lannes, Rapp se trouvaient dans le cabinet du Premier consul. En voyant entrer Lucien, suivi d'un homme aussi singulier que l'était Piombo, la conversation cessa. Lucien prit Napoléon par la main et le conduisit dans l'embrasure de la croisée. Après avoir échangé quelques paroles avec son frère, le Premier consul fit un geste de main auquel obéirent Murat et Lannes en s'en allant. Rapp feignit de n'avoir rien vu, afin de pouvoir rester. Bonaparte l'ayant interpellé vivement, l'aide de camp sortit en rechignant. Le Premier consul, qui entendit le bruit des pas de Rapp dans le salon voisin, sortit brusquement et le vit près du mur qui séparait le cabinet du salon.

« Tu ne veux donc pas me comprendre ? dit le Premier consul. J'ai besoin d'être seul avec mon compatriote.

— Un Corse, répondit l'aide de camp. Je me défie trop de ces gens-là pour ne pas... »

Le Premier consul ne put s'empêcher de sourire, et poussa légèrement son fidèle officier par les épaules.

« Eh bien, que viens-tu faire ici, mon pauvre Bartholoméo ? dit le Premier consul à Piombo.

— Te demander asile et protection, si tu es un vrai Corse, répondit Bartholoméo d'un ton brusque.

— Quel malheur a pu te chasser du pays ? Tu en étais le plus riche, le plus...

— J'ai tué tous les Porta », répliqua le Corse d'un son de voix profond en fronçant les sourcils.

Le Premier consul fit deux pas en arrière comme un homme surpris.

« Vas-tu me trahir ? s'écria Bartholoméo en jetant un regard sombre à Bonaparte. Sais-tu que nous sommes encore quatre Piombo en Corse ? »

Lucien prit le bras de son compatriote, et le secoua.

« Viens-tu donc ici pour menacer le sauveur de la France ? » lui dit-il vivement.

Bonaparte fit un signe à Lucien, qui se tut. Puis il regarda Piombo, et lui dit : « Pourquoi donc as-tu tué les Porta ?

— Nous avions fait amitié, répondit-il, les Barbante nous avaient réconciliés. Le lendemain du jour où nous trinquâmes pour noyer nos querelles, je les quittai parce que j'avais affaire à Bastia. Ils restèrent chez moi, et mirent le feu à ma vigne de Longone. Ils ont tué mon fils Grégorio. Ma fille Ginevra et ma femme leur ont échappé ; elles avaient communié le matin, la Vierge les a protégées. Quand je revins, je ne trouvai plus ma maison, je la cherchais les pieds dans ses cendres. Tout à coup je heurtai le corps de Grégorio, que je reconnus à la lueur de la lune. « Oh ! les Porta ont fait le coup ! » me dis-je. J'allai sur-le-champ dans les *Mâquis*, j'y rassemblai quelques hommes auxquels j'avais rendu service, entends-tu, Bonaparte ? et nous marchâmes sur la vigne des Porta. Nous sommes arrivés à cinq heures du matin, à sept ils étaient tous devant Dieu. Giacomo prétend qu'Élisa Vanni a sauvé un enfant, le petit Luigi ; mais je l'avais attaché moi-même dans son lit avant de mettre le feu à la maison. J'ai quitté l'île avec ma femme et ma fille, sans avoir pu vérifier s'il était vrai que Luigi Porta vécût encore. »

Bonaparte regardait Bartholoméo avec curiosité, mais sans étonnement.

« Combien étaient-ils ? demanda Lucien.

— Sept, répondit Piombo. Ils ont été vos persécuteurs dans les temps », leur dit-il. Ces mots ne réveillèrent aucune expression de haine chez les deux frères. « Ah ! vous n'êtes plus corses, s'écria Bartholoméo avec une sorte de désespoir. Adieu. Autrefois je vous ai protégés, ajouta-t-il d'un ton de reproche. Sans moi, ta mère ne serait pas arrivée à Marseille, dit-il en s'adressant à Bonaparte qui restait pensif le coude appuyé sur le manteau de la cheminée.

— En conscience, Piombo, répondit Napoléon, je ne puis pas te prendre sous mon aile. Je suis devenu le chef d'une grande nation, je commande la république, et dois faire exécuter les lois.

— Ah ! ah ! dit Bartholoméo.

— Mais je puis fermer les yeux, reprit Bonaparte. Le préjugé de la *Vendetta* empêchera longtemps le règne des lois en Corse, ajouta-t-il en se parlant à lui-même. Il faut cependant le détruire à tout prix. »

Bonaparte resta un moment silencieux, et Lucien fit signe à Piombo de ne rien dire. Le Corse agitait déjà la tête de droite et de gauche d'un air improbateur.

« Demeure ici, reprit le consul en s'adressant à Bartholoméo, nous n'en saurons rien. Je ferai acheter tes propriétés afin de te donner d'abord les moyens de vivre. Puis, dans quelque temps, plus tard, nous penserons à toi. Mais plus de *Vendetta* ! Il n'y a pas de maquis ici. Si tu y joues du poignard, il n'y aurait pas de grâce à espérer. Ici la loi protège tous les citoyens, et l'on ne se fait pas justice soi-même.

— Il s'est fait le chef d'un singulier pays, répondit Bartholoméo en prenant la main de Lucien et la serrant. Mais vous me reconnaissez dans le malheur, ce sera maintenant entre nous à la vie à la mort, et vous pouvez disposer de tous les Piombo. »

À ces mots, le front du Corse se dérida, et il regarda autour de lui avec satisfaction.

« Vous n'êtes pas mal ici, dit-il en souriant, comme s'il voulait y loger. Et tu es habillé tout en rouge comme un cardinal.

— Il ne tiendra qu'à toi de parvenir et d'avoir un palais à Paris, dit Bonaparte qui toisait son compatriote. Il m'arrivera plus d'une fois de regarder autour de moi pour chercher un ami dévoué auquel je puisse me confier. »

Un soupir de joie sortit de la vaste poitrine de Piombo qui tendit la main au Premier consul en lui disant : « Il y a encore du Corse en toi ! »

Bonaparte sourit. Il regarda silencieusement cet homme, qui lui apportait en quelque sorte l'air de sa patrie, de cette île où naguère il avait été sauvé si miraculeusement de la haine du *parti anglais*, et qu'il ne devait plus revoir. Il fit un signe à son frère, qui emmena Bartholoméo di Piombo. Lucien s'enquit avec intérêt de la situation financière de l'ancien protecteur de leur famille. Piombo amena le ministre de l'Intérieur auprès d'une fenêtre, et lui montra sa femme et Ginevra, assises toutes deux sur un tas de pierres.

« Nous sommes venus de Fontainebleau ici à pied, et nous n'avons pas une obole », lui dit-il.

Lucien donna sa bourse à son compatriote et lui recommanda de venir le trouver le lendemain afin d'aviser aux moyens d'assurer le sort de sa famille. La valeur de tous les biens que Piombo possédait en Corse ne pouvait guère le faire vivre honorablement à Paris.

Quinze ans s'écoulèrent entre l'arrivée de la famille Piombo à Paris et l'aventure suivante, qui, sans le récit de ces événements, eût été moins intelligible.

Servin, l'un de nos artistes les plus distingués, conçut le premier l'idée d'ouvrir un atelier pour les jeunes personnes qui veulent prendre des leçons de peinture. Âgé d'une quarantaine d'années, de mœurs pures et entièrement livré à son art, il avait épousé par inclination la fille d'un général sans fortune. Les mères conduisirent d'abord elles-mêmes leurs filles chez le professeur puis elles finirent par les y envoyer quand elles eurent bien connu ses principes et apprécié le soin qu'il mettait à mériter la confiance. Il était entré dans le plan du peintre de n'accepter pour écolières que des demoiselles appartenant à des familles riches ou considérées afin de n'avoir pas de reproches à subir sur la composition de son atelier ; il se refusait même à prendre les jeunes filles qui voulaient devenir artistes et auxquelles il aurait fallu donner certains enseignements sans lesquels il n'est pas de talent possible en peinture. Insensiblement sa prudence, la supériorité avec lesquelles il initiait ses élèves aux secrets de l'art, la certitude où les mères étaient de savoir leurs filles en compagnie de jeunes personnes bien élevées et la sécurité qu'inspiraient le caractère, les mœurs, le mariage de l'artiste, lui valurent dans les salons une excellente renommée. Quand une jeune fille manifestait le désir d'apprendre à peindre ou à dessiner, et que sa mère demandait conseil : « Envoyez-la chez Servin ! » était la réponse de chacun. Servin devint donc pour la peinture féminine une spécialité, comme Herbault pour les chapeaux, Leroy pour les modes et Chevet pour les comestibles. Il était reconnu qu'une jeune femme qui avait pris des leçons chez Servin pouvait juger en dernier ressort les tableaux du Musée, faire supérieurement un portrait, copier une toile et peindre son tableau de genre. Cet artiste suffisait ainsi à tous les besoins de l'aristocratie. Malgré les rapports qu'il avait avec les meilleures maisons de Paris, il était indépendant, patriote et conservait avec tout le monde ce ton léger, spirituel, parfois ironique, cette liberté de jugement qui distinguent les peintres. Il avait poussé le scrupule de ses précautions jusque dans l'ordonnance du local où étudiaient ses écolières. L'entrée du grenier qui régnait au-dessus de ses appartements avait été murée. Pour parvenir à cette retraite, aussi sacrée qu'un harem, il fallait monter par un escalier pratiqué dans l'intérieur de son logement. L'atelier, qui occupait tout le comble de la maison, offrait ces proportions énormes qui surprennent toujours les curieux quand, arrivés à soixante pieds du sol, ils s'attendent à voir les artistes logés dans une gouttière. Cette espèce de galerie était profusément éclairée par d'immenses châssis vitrés et garnis de ces grandes toiles vertes à l'aide desquelles les peintres disposent de la lumière. Une foule de caricatures, de têtes faites au trait, avec de la couleur ou la pointe d'un couteau, sur les murailles peintes en gris foncé, prouvaient, sauf la différence de l'expression, que les filles les plus distinguées ont dans l'esprit autant de folie que les hommes peuvent en avoir. Un petit poêle et ses grands tuyaux, qui décrivaient un effroyable zigzag avant d'atteindre les hautes régions du toit, étaient l'infaillible ornement de cet atelier. Une planche régnait autour des murs et soutenait des modèles en plâtre qui gisaient confusément placés, la plupart couverts d'une blonde poussière. Au-dessous de ce rayon, çà et là, une tête de Niobé pendue à un clou montrait sa pose de douleur, une Vénus souriait, une main se présentait brusquement aux yeux comme celle d'un pauvre demandant l'aumône, puis quelques *écorchés* jaunis par la fumée avaient l'air de membres arrachés la veille à des cercueils ; enfin des tableaux, des dessins, des mannequins, des cadres sans toiles et des toiles sans cadres achevaient de donner à cette pièce irrégulière la physionomie d'un atelier que distingue un singulier mélange d'ornement et de nudité, de misère et de richesse, de soin et d'incurie. Cet immense vaisseau, où tout paraît petit même l'homme, sent la coulisse d'opéra ; il s'y trouve de vieux linges, des armures dorées, des lambeaux d'étoffe, des machines ; mais il y a je ne sais quoi de grand comme la pensée : le génie et la mort sont là ; la Diane ou l'Apollon auprès d'un crâne ou d'un squelette, le beau et le désordre, la poésie et la réalité, de riches couleurs dans l'ombre, et souvent tout un drame immobile et silencieux. Quel symbole d'une tête d'artiste !

Au moment où commence cette histoire, le brillant soleil du mois de juillet illuminait l'atelier, et deux rayons le traversaient dans sa profondeur en y traçant de larges bandes d'or diaphanes où brillaient des grains de poussière. Une douzaine de chevalets élevaient leurs flèches aiguës, semblables à des mâts de vaisseau dans un port. Plusieurs jeunes filles animaient cette scène par la variété de leurs physionomies, de leurs attitudes, et par la différence de leurs toilettes. Les fortes ombres que jetaient les serges vertes, placées suivant les besoins de chaque chevalet, produisaient une multitude de contrastes, de piquants effets de clair-obscur. Ce groupe formait le plus beau de tous les tableaux de l'atelier. Une jeune fille blonde et mise simplement se tenait loin de ses compagnes, travaillait avec courage en paraissant prévoir le malheur ; nulle ne la regardait, ne lui adressait la parole : elle était la plus jolie, la plus modeste et la moins riche. Deux groupes principaux, séparés l'un de l'autre par une faible distance, indiquaient deux sociétés, deux esprits jusque dans cet atelier où les rangs et la fortune auraient dû s'oublier. Assises ou debout, ces jeunes filles, entourées de leurs boîtes à couleurs, jouant avec leurs pinceaux ou les préparant, maniant leurs éclatantes palettes, peignant, parlant, riant, chantant, abandonnées à leur naturel, laissant voir leur caractère, composaient un spectacle inconnu aux hommes : celle-ci, fière, hautaine, capricieuse, aux cheveux noirs, aux belles mains, lançait au hasard la flamme de ses regards ; celle-là, insouciante et gaie, le sourire sur les lèvres, les cheveux châtains, les mains blanches et délicates, vierge française, légère, sans arrière-pensée, vivant de sa vie actuelle ; une autre, rêveuse, mélancolique, pâle, penchant la tête comme une fleur qui tombe ; sa voisine, au contraire, grande, indolente, aux habitudes musulmanes, l'œil long, noir, humide ; parlant peu, mais songeant et regardant à la dérobée la tête d'Antinoüs. Au milieu d'elles, comme le *jocoso* d'une pièce espagnole, pleine d'esprit et de saillies épigrammatiques, une fille les espionnait toutes d'un seul coup d'œil, les faisait rire et levait sans cesse sa figure trop vive pour n'être pas jolie ; elle commandait au premier groupe des écolières qui comprenait les filles de banquier, de notaire et de négociant ; toutes riches, mais essuyant toutes les dédains imperceptibles quoique poignants que leur prodiguaient les autres jeunes personnes appartenant à l'aristocratie. Celles-ci étaient gouvernées par la fille d'un huissier du cabinet du roi, petite créature aussi sotte que vaine, et fière d'avoir pour père un homme *ayant une charge* à la Cour ; elle voulait toujours paraître avoir compris du premier coup les observations du maître, et semblait travailler par grâce ; elle se servait d'un lorgnon, ne venait que très parée, tard, et suppliait ses compagnes de parler bas. Dans ce second groupe, on eût remarqué des tailles délicieuses, des figures distinguées ; mais les regards de ces jeunes filles offraient peu de naïveté. Si leurs attitudes étaient élégantes et leurs mouvements gracieux, les figures manquaient de franchise, et l'on devinait facilement qu'elles appartenaient à un monde où la politesse façonne de bonne heure les caractères, où l'abus des jouissances sociales tue les sentiments et développe l'égoïsme. Lorsque cette réunion était complète, il se trouvait dans le nombre de ces jeunes filles des têtes enfantines, des vierges d'une pureté ravissante, des visages dont la bouche légèrement entrouverte laissait voir des dents vierges, et sur laquelle errait un sourire de vierge. L'atelier ne ressemblait pas à un sérail, mais à un groupe d'anges assis sur un nuage dans le ciel.

À midi, Servin n'avait pas encore paru. Depuis quelques jours, la plupart du temps il restait à un atelier qu'il avait ailleurs et où il achevait un tableau pour l'exposition. Tout à coup, Mlle Amélie Thirion, chef du parti aristocratique de cette petite assemblée, parla longtemps à sa voisine, il se fit un grand silence dans le groupe des patriciennes ; le parti de la banque étonné se tut également, et tâcha de deviner le sujet d'une semblable conférence ; mais le secret des jeunes *ultra*[1] fut bientôt connu. Amélie se leva, prit à

---

1. Royalistes.

quelques pas d'elle un chevalet pour le replacer à une assez grande distance du noble groupe, près d'une cloison grossière qui séparait l'atelier d'un cabinet obscur où l'on mettait les plâtres brisés, les toiles condamnées par le professeur, et la provision de bois en hiver. L'action d'Amélie excita un murmure de surprise qui ne l'empêcha pas d'achever ce déménagement en roulant vivement près du chevalet la boîte à couleurs et le tabouret, tout jusqu'à un tableau de Prudhon que copiait sa compagne absente. Après ce coup d'État, si le côté droit se mit à travailler silencieusement, le côté gauche pérora longuement.

« Que va dire Mlle Piombo, demanda une jeune fille à Mlle Mathilde Roguin, l'oracle malicieux du premier groupe.

— Elle n'est pas fille à parler, répondit-elle ; mais dans cinquante ans elle se souviendra de cette injure comme si elle l'avait reçue la veille, et saura s'en venger cruellement. C'est une personne avec laquelle je ne voudrais pas être en guerre.

— La proscription dont la frappent ces demoiselles est d'autant plus injuste, dit une autre jeune fille, qu'avant-hier Mlle Ginevra était fort triste ; son père venait, dit-on, de donner sa démission. Ce serait donc ajouter à son malheur, tandis qu'elle a été fort bonne pour ces demoiselles pendant les Cent-Jours. Leur a-t-elle jamais dit une parole qui pût les blesser ? Elle évitait au contraire de parler politique. Mais nos Ultras paraissent agir plutôt par jalousie que par esprit de parti.

— J'ai envie d'aller chercher le chevalet de Mlle Piombo, et de le mettre auprès du mien », dit Mathilde Roguin. Elle se leva, mais une réflexion la fit rasseoir : « Avec un caractère comme celui de Mlle Ginevra, dit-elle, on ne peut pas savoir de quelle manière elle prendrait notre politesse, attendons l'événement.

— *Ecco la* », dit languissamment la jeune fille aux yeux noirs.

En effet, le bruit des pas d'une personne qui montait l'escalier retentit dans la salle. Ce mot : « La voici ! » passa de bouche en bouche, et le plus profond silence régna dans l'atelier.

Pour comprendre l'importance de l'ostracisme exercé par Amélie Thirion, il est nécessaire d'ajouter que cette scène avait lieu vers la fin du mois de juillet 1815. Le second retour des Bourbons venait de troubler bien des amitiés qui avaient résisté au mouvement de la première restauration. En ce moment les familles, presque toutes divisées d'opinion, renouvelaient plusieurs de ces déplorables scènes qui souillent l'histoire de tous les pays aux époques de guerre civile ou religieuse. Les enfants, les jeunes filles, les vieillards partageaient la fièvre monarchique à laquelle le gouvernement était en proie. La discorde se glissait sous tous les toits, et la défiance teignait de ses sombres couleurs les actions et les discours les plus intimes. Ginevra Piombo aimait Napoléon avec idolâtrie, et comment aurait-elle pu le haïr ? l'Empereur était son compatriote et le bienfaiteur de son père. Le baron de Piombo était un des serviteurs de Napoléon qui avaient coopéré le plus efficacement au retour de l'île d'Elbe. Incapable de renier sa foi politique, jaloux même de la confesser, le vieux baron de Piombo restait à Paris au milieu de ses ennemis. Ginevra Piombo pouvait donc être d'autant mieux mise au nombre des personnes suspectes, qu'elle ne faisait pas mystère du chagrin que la seconde restauration causait à sa famille. Les seules larmes qu'elle eût peut-être versées dans sa vie lui furent arrachées par la double nouvelle de la captivité de Bonaparte sur le *Bellérophon* et de l'arrestation de Labédoyère.

Les jeunes personnes qui composaient le groupe des nobles appartenaient aux familles royalistes les plus exaltées de Paris. Il serait difficile de donner une idée des exagérations de cette époque et de l'horreur que causaient les bonapartistes. Quelque insignifiante et petite que puisse paraître aujourd'hui l'action d'Amélie Thirion, elle était alors une expression de haine fort naturelle. Ginevra Piombo, l'une des premières écolières de Servin, occupait la place dont on voulait la priver depuis le jour où elle était venue à l'atelier ; le groupe aristocratique l'avait insensiblement entourée : la chasser d'une place qui lui appartenait en quelque sorte était non seulement lui faire injure, mais lui causer une espèce de peine ; car les artistes ont tous une place de prédilection pour leur travail. Mais l'animadversion politique entrait peut-être pour peu de chose dans la conduite de ce petit Côté Droit de l'atelier. Ginevra Piombo, la plus forte des élèves de Servin, était l'objet d'une profonde jalousie : le maître professait autant d'admiration pour les talents que pour le caractère de cette élève favorite, qui servait de terme à toutes ses comparaisons ; enfin, sans qu'on s'expliquât l'ascendant que cette jeune personne obtenait sur tout ce qui l'entourait, elle exerçait sur ce petit monde un prestige presque semblable à celui de Bonaparte sur ses soldats. L'aristocratie de l'atelier avait résolu depuis plusieurs jours la chute de cette reine ; mais, personne n'ayant encore osé s'éloigner de la bonapartiste, Mlle Thirion venait de frapper un coup décisif, afin de rendre ses compagnes complices de sa haine. Quoique Ginevra fût sincèrement aimée par deux ou trois des Royalistes, presque toutes chapitrées au logis paternel relativement à la politique, elles jugèrent avec ce tact particulier aux femmes qu'elles devaient rester indifférentes à la querelle. À son arrivée, Ginevra fut donc accueillie par un profond silence. De toutes les jeunes filles venues jusqu'alors dans l'atelier de Servin, elle était la plus belle, la plus grande et la mieux faite. Sa démarche possédait un caractère de noblesse et de grâce qui commandait le respect. Sa figure empreinte d'intelligence semblait rayonner, tant y respirait cette animation particulière aux Corses et qui n'exclut point le calme. Ses longs cheveux, ses yeux et ses cils noirs exprimaient la passion. Quoique les coins de sa bouche se dessinassent mollement et que ses lèvres fussent un peu trop fortes, il s'y peignait cette bonté que donne aux êtres forts la conscience de leur force. Par un singulier caprice de la nature, le charme de son visage se trouvait en quelque sorte démenti par un front de marbre où se peignait une fierté presque sauvage, où respiraient les mœurs de la Corse. Là était le seul lien qu'il y eût entre elle et son pays natal : dans tout le reste de sa personne, la simplicité, l'abandon des beautés lombardes séduisaient si bien qu'il fallait ne pas la voir pour lui causer la moindre peine. Elle inspirait un si vif attrait que, par prudence, son vieux père la faisait accompagner jusqu'à l'atelier. Le seul défaut de cette créature véritablement poétique venait de la puissance même d'une beauté si largement développée : elle avait l'air d'être femme. Elle s'était refusée au mariage, par amour pour son père et sa mère, en se sentant nécessaire à leurs vieux jours. Son goût pour la peinture avait remplacé les passions qui agitent ordinairement les femmes.

« Vous êtes bien silencieuses aujourd'hui, mesdemoiselles, dit-elle après avoir fait deux ou trois pas au milieu de ses compagnes. Bonjour, ma petite Laure, ajouta-t-elle d'un ton doux et caressant en s'approchant de la jeune fille qui peignait loin des autres. Cette tête est fort bien ! Les chairs sont un peu trop roses, mais tout en est dessiné à merveille. »

Laure leva la tête, regarda Ginevra d'un air attendri, et leurs figures s'épanouirent en exprimant une même affection. Un faible sourire anima les lèvres de l'Italienne qui paraissait songeuse, et qui se dirigea lentement vers sa place en regardant avec nonchalance les dessins ou les tableaux, en disant bonjour à chacune des jeunes filles du premier groupe, sans s'apercevoir de la curiosité insolite qu'excitait sa présence. On eût dit d'une reine dans sa cour. Elle ne donna aucune attention au profond silence qui régnait parmi les patriciennes, et passa devant leur camp sans prononcer un seul mot. Sa préoccupation fut si grande qu'elle se mit à son chevalet, ouvrit sa boîte à couleurs, prit ses brosses, revêtit ses manches brunes, ajusta son tablier, regarda son tableau, examina sa palette sans penser, pour ainsi dire, à ce qu'elle faisait. Toutes les têtes du groupe des bourgeoises étaient tournées vers elle. Si les jeunes personnes du camp Thirion ne mettaient pas tant de franchise que leurs compagnes dans leur impatience, leurs œillades n'en étaient pas moins dirigées sur Ginevra.

« Elle ne s'aperçoit de rien », dit Mlle Roguin.

En ce moment Ginevra quitta l'attitude méditative dans laquelle elle avait contemplé sa toile, et tourna la tête vers le groupe aristocratique. Elle mesura d'un seul coup d'œil la distance qui l'en séparait, et garda le silence.

« Elle ne croit pas qu'on ait eu la pensée de l'insulter, dit Mathilde, elle n'a ni pâli, ni rougi. Comme ces demoiselles vont être vexées si elle se trouve mieux à sa nouvelle place qu'à l'ancienne ! — Vous êtes là hors ligne, mademoiselle », ajouta-t-elle alors à haute voix en s'adressant à Ginevra.

L'Italienne feignit de ne pas entendre, ou peut-être n'entendit-elle pas, elle se leva brusquement, longea avec une certaine lenteur la cloison qui séparait le cabinet noir de l'atelier, et parut examiner le châssis d'où venait le jour en y donnant tant d'importance qu'elle monta sur une chaise pour attacher beaucoup plus haut la serge verte qui interceptait la lumière.

Arrivée à cette hauteur, elle atteignit à une crevasse assez légère dans la cloison, le véritable but de ses efforts, car le regard qu'elle y jeta ne peut se comparer qu'à celui d'un avare découvrant les trésors d'Aladin ; elle descendit vivement, revint à sa place, ajusta son tableau, feignit d'être mécontente du jour, approcha de la cloison une table sur laquelle elle mit une chaise, grimpa lestement sur cet échafaudage, et regarda de nouveau par la crevasse. Elle ne jeta qu'un regard dans le cabinet alors éclairé par un jour de souffrance qu'on avait ouvert, et ce qu'elle y aperçut produisit sur elle une sensation si vive qu'elle tressaillit.

« Vous allez tomber, mademoiselle Ginevra », s'écria Laure.

Toutes les jeunes filles regardèrent l'imprudente qui chancelait. La peur de voir arriver ses compagnes auprès d'elle lui donna du courage, elle retrouva ses forces et son équilibre, se tourna vers Laure en se dandinant sur sa chaise, et dit d'une voix émue : « Bah ! c'est encore un peu plus solide qu'un trône ! » Elle se hâta d'arracher la serge, descendit, repoussa la table et la chaise bien loin de la cloison, revint à son chevalet, et fit encore quelques essais en ayant l'air de chercher une masse de lumière qui lui convînt. Son tableau ne l'occupait guère, son but était de s'approcher du cabinet noir auprès duquel elle se plaça, comme elle le désirait, à côté de la porte. Puis elle se mit à préparer sa palette en gardant le plus profond silence. À cette place, elle entendit bientôt plus distinctement le léger bruit qui, la veille, avait si fortement excité sa curiosité et fait parcourir à sa jeune imagination le vaste champ des conjectures. Elle reconnut facilement la respiration forte et régulière de l'homme endormi qu'elle venait de voir. Sa curiosité était satisfaite au-delà de ses souhaits, mais elle se trouvait chargée d'une immense responsabilité. À travers la crevasse, elle avait entrevu l'aigle impériale et, sur un lit de sangles faiblement éclairé, la figure d'un officier de la Garde. Elle devina tout : Servin cachait un proscrit[1]. Maintenant elle tremblait qu'une de ses compagnes ne vînt examiner son tableau, et n'entendît ou la respiration de ce malheureux ou quelque aspiration trop forte, comme celle qui était arrivée à son oreille pendant la dernière leçon. Elle résolut de rester auprès de cette porte, en se fiant à son adresse pour déjouer les chances du sort.

« Il vaut mieux que je sois là, pensait-elle, pour prévenir un accident sinistre, que de laisser le pauvre prisonnier à la merci d'une étourderie. » Tel était le secret de l'indifférence apparente que Ginevra avait manifestée en trouvant son chevalet dérangé ; elle en fut intérieurement enchantée, puisqu'elle avait pu satisfaire assez naturellement sa curiosité : puis, en ce moment, elle était trop vivement préoccupée pour chercher la raison de son déménagement. Rien n'est plus mortifiant pour des jeunes filles, comme pour tout le monde, que de voir une méchanceté, une insulte ou un bon mot manquant leur effet par suite du dédain qu'en témoigne la victime. Il semble que la haine envers un ennemi s'accroisse de toute la hau-

---

1. Ici, un soldat de Napoléon en fuite pour raisons politiques.

teur à laquelle il s'élève au-dessus de nous. La conduite de Ginevra devint une énigme pour toutes ses compagnes. Ses amies comme ses ennemies furent également surprises ; car on lui accordait toutes les qualités possibles, hormis le pardon des injures. Quoique les occasions de déployer ce vice de caractère eussent été rarement offertes à Ginevra dans les événements de sa vie d'atelier, les exemples qu'elle avait pu donner de ses dispositions vindicatives et de sa fermeté n'en avaient pas moins laissé des impressions profondes dans l'esprit de ses compagnes. Après bien des conjectures, Mlle Roguin finit par trouver dans le silence de l'Italienne une grandeur d'âme au-dessus de tout éloge ; et son cercle, inspiré par elle, forma le projet d'humilier l'aristocratie de l'atelier. Elles parvinrent à leur but par un feu de sarcasmes qui abattit l'orgueil du Côté Droit. L'arrivée de Mme Servin mit fin à cette lutte d'amour-propre. Avec cette finesse qui accompagne toujours la méchanceté, Amélie avait remarqué, analysé, commenté la prodigieuse préoccupation qui empêchait Ginevra d'entendre la dispute aigrement polie dont elle était l'objet. La vengeance que Mlle Roguin et ses compagnes tiraient de Mlle Thirion et de son groupe eut alors le fatal effet de faire rechercher par les jeunes Ultras la cause du silence que gardait Ginevra di Piombo. La belle Italienne devint donc le centre de tous les regards, et fut épiée par ses amies comme par ses ennemies. Il est bien difficile de cacher la plus petite émotion, le plus léger sentiment, à quinze jeunes filles curieuses, inoccupées, dont la malice et l'esprit ne demandent que des secrets à deviner, des intrigues à créer, à déjouer, et qui savent trouver trop d'interprétations différentes à un geste, à une œillade, à une parole, pour ne pas en découvrir la véritable signification. Aussi le secret de Ginevra di Piombo fut-il bientôt en grand péril d'être connu. En ce moment la présence de Mme Servin produisit un entracte dans le drame qui se jouait sourdement au fond de ces jeunes cœurs et dont les sentiments, les pensées, les progrès étaient exprimés par des phrases presque allégoriques, par de malicieux coups d'œil, par des gestes, et par le silence même, souvent plus intelligible que la parole. Aussitôt que Mme Servin entra dans l'atelier, ses yeux se portèrent sur la porte auprès de laquelle était Ginevra. Dans les circonstances présentes, ce regard ne fut pas perdu. Si d'abord aucune des écolières n'y fit attention, plus tard Mlle Thirion s'en souvint, et s'expliqua la défiance, la crainte et le mystère qui donnèrent alors quelque chose de fauve aux yeux de Mme Servin.

« Mesdemoiselles, dit-elle, M. Servin ne pourra pas venir aujourd'hui. » Puis elle complimenta chaque jeune personne, en recevant de toutes une foule de ces caresses féminines qui sont autant dans la voix et dans les regards que dans les gestes. Elle arriva promptement auprès de Ginevra, dominée par une inquiétude qu'elle déguisait en vain. L'Italienne et la femme du peintre se firent un signe de tête amical, et restèrent toutes deux silencieuses, l'une peignant, l'autre regardant peindre. La respiration du militaire s'entendait facilement, mais Mme Servin ne parut pas s'en apercevoir ; et sa dissimulation était si grande, que Ginevra fut tentée de l'accuser d'une surdité volontaire. Cependant l'inconnu se remua dans son lit. L'Italienne regarda fixement Mme Servin, qui lui dit alors, sans que son visage éprouvât la plus légère altération : « Votre copie est aussi belle que l'original. S'il me fallait choisir, je serais fort embarrassée.

« M. Servin n'a pas mis sa femme dans la confidence de ce mystère », pensa Ginevra qui, après avoir répondu à la jeune femme par un doux sourire d'incrédulité, fredonna une *canzonnetta* de son pays pour couvrir le bruit que pourrait faire le prisonnier.

C'était quelque chose de si insolite que d'entendre la studieuse Italienne chanter, que toutes les jeunes filles surprises la regardèrent. Plus tard cette circonstance servit de preuve aux charitables suppositions de la haine. Mme Servin s'en alla bientôt, et la séance s'acheva sans autres événements. Ginevra laissa partir ses compagnes et parut vouloir travailler longtemps encore ; mais elle trahissait à son insu son désir de rester seule, car à mesure que les écolières se préparaient à sortir, elle leur jetait des regards d'impatience mal déguisée. Mlle Thirion, devenue en peu d'heures une cruelle ennemie pour celle qui la primait en tout, devina par un instinct de haine que la fausse application de sa rivale cachait un mystère. Elle avait été frappée plus d'une fois de l'air attentif avec lequel Ginevra s'était mise à écouter un bruit que personne n'entendait. L'expression qu'elle surprit en dernier lieu dans les yeux de l'Italienne fut pour elle un trait de lumière. Elle s'en alla la dernière de toutes les écolières et descendit chez Mme Servin avec laquelle elle causa un instant ; puis elle feignit d'avoir oublié son sac, remonta tout doucement à l'atelier, et aperçut Ginevra grimpée sur un échafaudage fait à la hâte et si absorbée dans la contemplation du militaire inconnu qu'elle n'entendit pas le léger bruit que produisaient les pas de sa compagne. Il est vrai que, suivant une expression de Walter Scott, Amélie marchait comme sur des œufs ; elle regagna promptement la porte de l'atelier et toussa. Ginevra tressaillit, tourna la tête, vit son ennemie, rougit, s'empressa de détacher la serge pour donner le change sur ses intentions et descendit après avoir rangé sa boîte à couleurs. Elle quitta l'atelier en emportant gravée dans son souvenir l'image d'une tête d'homme aussi gracieuse que celle de l'Endymion, chef-d'œuvre de Girodet qu'elle avait copié quelques jours auparavant.

« Proscrire un homme si jeune ! Qui donc peut-il être, car ce n'est pas le maréchal Ney ? »

Ces deux phrases sont l'expression la plus simple de toutes les idées que Ginevra commenta pendant deux jours. Le surlendemain, malgré sa diligence pour arriver la première à l'atelier, elle y trouva Mlle Thirion qui s'y était fait conduire en voiture. Ginevra et son ennemie s'observèrent longtemps ; mais elles se composèrent des visages impénétrables l'une pour l'autre. Amélie avait vu la tête ravissante de l'inconnu ; mais, heureusement et malheureusement tout à la fois, les aigles et l'uniforme n'étaient pas placés dans l'espace que la fente lui avait permis d'apercevoir. Elle se perdit alors en conjectures. Tout à coup Servin arriva beaucoup plus tôt qu'à l'ordinaire.

« Mademoiselle Ginevra, dit-il après avoir jeté un coup d'œil sur l'atelier, pourquoi vous êtes-vous mise là ? Le jour est mauvais. Approchez-vous donc de ces demoiselles, et descendez un peu votre rideau. »

Puis il s'assit auprès de Laure, dont le travail méritait ses plus complaisantes corrections.

« Comment donc ! s'écria-t-il, voici une tête supérieurement faite. Vous serez une seconde Ginevra. »

Le maître alla de chevalet en chevalet, grondant, flattant, plaisantant, et faisant, comme toujours, craindre plutôt ses plaisanteries que ses réprimandes. L'Italienne n'avait pas obéi aux observations du professeur et restait à son poste avec la ferme intention de ne pas s'en écarter. Elle prit une feuille de papier et se mit à *croquer* à la sépia la tête du pauvre reclus. Une œuvre conçue avec passion porte toujours un cachet particulier. La faculté d'imprimer aux traductions de la nature ou de la pensée des couleurs vraies constitue le génie, et souvent la passion en tient lieu. Aussi, dans la circonstance où se trouvait Ginevra, l'intuition qu'elle devait à sa mémoire vivement frappée, ou la nécessité peut-être, cette mère des grandes choses, lui prêta-t-elle un talent surnaturel. La tête de l'officier fut jetée sur le papier au milieu d'un tressaillement intérieur qu'elle attribuait à la crainte, et dans lequel un physiologiste aurait reconnu la fièvre de l'inspiration. Elle glissait de temps en temps un regard furtif sur ses compagnes, afin de pouvoir cacher le lavis en cas d'indiscrétion de leur part. Malgré son active surveillance, il y eut un moment où elle n'aperçut pas le lorgnon que son impitoyable ennemie braquait sur le mystérieux dessin en s'abritant derrière un grand portefeuille[1]. Mlle Thirion, qui reconnut la figure du proscrit, leva brusquement la tête, et Ginevra serra la feuille de papier.

« Pourquoi êtes-vous donc restée là malgré mon avis, mademoiselle ? » demanda gravement le professeur à Ginevra.

L'écolière tourna vivement son chevalet de manière que personne ne pût voir son lavis, et dit d'une voix émue en le montrant à son maître : « Ne trouvez-vous pas comme moi que ce jour est plus favorable ? ne dois-je pas rester là ? »

Servin pâlit. Comme rien n'échappe aux yeux perçants de la haine, Mlle Thirion se mit, pour ainsi dire, en tiers dans les émotions qui agitèrent le maître et l'écolière.

« Vous avez raison, dit Servin. Mais vous en saurez bientôt plus que moi », ajouta-t-il en riant forcément. Il y eut une pause pendant laquelle le professeur contempla la tête de l'officier. « Ceci est un chef-d'œuvre digne de Salvator Rosa », s'écria-t-il avec une énergie d'artiste.

À cette exclamation, toutes les jeunes personnes se levèrent, et Mlle Thirion accourut avec la vélocité du tigre qui se jette sur sa proie. En ce moment le proscrit éveillé par le bruit se remua. Ginevra fit tomber son tabouret, prononça des phrases assez incohérentes et

---

1. Un carton à dessin.

se mit à rire ; mais elle avait plié le portrait et l'avait jeté dans son portefeuille avant que sa redoutable ennemie eût pu l'apercevoir. Le chevalet fut entouré, Servin détailla à haute voix les beautés de la copie que faisait en ce moment son élève favorite, et tout le monde fut dupe de ce stratagème, moins Amélie qui, se plaçant en arrière de ses compagnes, essaya d'ouvrir le portefeuille où elle avait vu mettre le lavis. Ginevra saisit le carton et le plaça devant elle sans mot dire. Les deux jeunes filles s'examinèrent alors en silence.

« Allons, mesdemoiselles, à vos places, dit Servin. Si vous voulez en savoir autant que Mlle de Piombo, il ne faut pas toujours parler modes ou bals et baguenauder comme vous faites. »

Quand toutes les jeunes personnes eurent regagné leurs chevalets, Servin s'assit auprès de Ginevra.

« Ne valait-il pas mieux que ce mystère fût découvert par moi que par une autre ? dit l'Italienne en parlant à voix basse.

— Oui, répondit le peintre. Vous êtes patriote ; mais, ne le fussiez-vous pas, ce serait encore vous à qui je l'aurais confié. »

Le maître et l'écolière se comprirent, et Ginevra ne craignit plus de demander : « Qui est-ce ?

— L'ami intime de Labédoyère, celui qui, après l'infortuné colonel, a contribué le plus à la réunion du septième avec les grenadiers de l'île d'Elbe. Il était chef d'escadron dans la Garde, et revient de Waterloo.

— Comment n'avez-vous pas brûlé son uniforme,

son shako, et ne lui avez-vous pas donné des habits bourgeois ? dit vivement Ginevra.

— On doit m'en apporter ce soir.

— Vous auriez dû fermer notre atelier pendant quelques jours.

— Il va partir.

— Il veut donc mourir ? dit la jeune fille. Laissez-le chez vous pendant le premier moment de la tourmente. Paris est encore le seul endroit de la France où l'on puisse cacher sûrement un homme. Il est votre ami ? demanda-t-elle.

— Non, il n'a pas d'autres titres à ma recommandation que son malheur. Voici comment il m'est tombé sur les bras : mon beau-père, qui avait repris du service pendant cette campagne, a rencontré ce pauvre jeune homme, et l'a très subtilement sauvé des griffes de ceux qui ont arrêté Labédoyère. Il voulait le défendre, l'insensé !

— C'est vous qui le nommez ainsi ! s'écria Ginevra en lançant un regard de surprise au peintre qui garda le silence un moment.

— Mon beau-père est trop espionné pour pouvoir garder quelqu'un chez lui, reprit-il. Il me l'a donc nuitamment amené la semaine dernière. J'avais espéré le dérober à tous les yeux en le mettant dans ce coin, le seul endroit de la maison où il puisse être en sûreté.

— Si je puis vous être utile, employez-moi, dit Ginevra, je connais le maréchal Feltre.

— Eh bien ! nous verrons », répondit le peintre.

Cette conversation dura trop longtemps pour ne pas être remarquée de toutes les jeunes filles. Servin quitta Ginevra, revint encore à chaque chevalet, et donna de si longues leçons qu'il était encore sur l'escalier quand sonna l'heure à laquelle ses écolières avaient l'habitude de partir.

« Vous oubliez votre sac, mademoiselle Thirion », s'écria le professeur en courant après la jeune fille qui descendait jusqu'au métier d'espion pour satisfaire sa haine.

La curieuse élève vint chercher son sac en manifestant un peu de surprise de son étourderie, mais le soin de Servin fut pour elle une nouvelle preuve de l'existence d'un mystère dont la gravité n'était pas douteuse ; elle avait déjà inventé tout ce qui devait être, et pouvait dire comme l'abbé Vertot : « *Mon siège est fait.* » Elle descendit bruyamment l'escalier et tira violemment la porte qui donnait dans l'appartement de Servin, afin de faire croire qu'elle sortait ; mais elle remonta doucement, et se tint derrière la porte de l'atelier. Quand le peintre et Ginevra se crurent seuls, il frappa d'une certaine manière à la porte de la mansarde qui tourna aussitôt sur ses gonds rouillés et criards. L'Italienne vit paraître un jeune homme grand et bien fait dont l'uniforme impérial lui fit battre le cœur. L'officier avait un bras en écharpe, et la pâleur de son teint accusait de vives souffrances. En apercevant une inconnue, il tressaillit. Amélie, qui ne pouvait rien voir, trembla de rester plus longtemps ; mais il lui suffisait d'avoir entendu le grincement de la porte, elle s'en alla sans bruit.

« Ne craignez rien, dit le peintre à l'officier, mademoiselle est la fille du plus fidèle ami de l'Empereur, le baron de Piombo. »

Le jeune militaire ne conserva plus de doute sur le patriotisme de Ginevra, après l'avoir vue.

« Vous êtes blessé ? dit-elle.

— Oh ! ce n'est rien, mademoiselle, la plaie se referme. »

En ce moment, les voix criardes et perçantes des colporteurs arrivèrent jusqu'à l'atelier : « Voici le jugement qui condamne à mort... » Tous trois tressaillirent. Le soldat entendit, le premier, un nom qui le fit pâlir.

« Labédoyère ! » dit-il en tombant sur le tabouret.

Ils se regardèrent en silence. Des gouttes de sueur se formèrent sur le front livide du jeune homme, il saisit d'une main et par un geste de désespoir les touffes noires de sa chevelure, et appuya son coude sur le bord du chevalet de Ginevra.

« Après tout, dit-il en se levant brusquement, Labédoyère et moi nous savions ce que nous faisions. Nous connaissions le sort qui nous attendait après le triomphe comme après la chute. Il meurt pour sa cause, et moi je me cache... »

Il alla précipitamment vers la porte de l'atelier ; mais plus leste que lui, Ginevra s'était élancée et lui en barrait le chemin.

« Rétablirez-vous l'Empereur ? dit-elle. Croyez-vous pouvoir relever ce géant quand lui-même n'a pas su rester debout ?

— Que voulez-vous que je devienne ? dit alors le proscrit en s'adressant aux deux amis que lui avait envoyés le hasard. Je n'ai pas un seul parent dans le monde, Labédoyère était mon protecteur et mon ami, je suis seul ; demain je serai peut-être proscrit ou condamné, je n'ai jamais eu que ma paye pour fortune, j'ai mangé mon dernier écu pour venir arracher Labédoyère à son sort et tâcher de l'emmener ; la mort est donc une nécessité pour moi. Quand on est décidé à mourir, il faut savoir vendre sa tête au bourreau. Je pensais tout à l'heure que la vie d'un honnête homme vaut bien celle de deux traîtres, et qu'un coup de poignard bien placé peut donner l'immortalité ! »

Cet accès de désespoir effraya le peintre et Ginevra elle-même qui comprit bien le jeune homme. L'Italienne admira cette belle tête et cette voix délicieuse dont la douceur était à peine altérée par des accents de fureur ; puis elle jeta tout à coup du baume sur toutes les plaies de l'infortuné.

« Monsieur, dit-elle, quant à votre détresse pécuniaire, permettez-moi de vous offrir l'or de mes économies. Mon père est riche, je suis son seul enfant, il m'aime, et je suis bien sûre qu'il ne me blâmera pas. Ne vous faites pas scrupule d'accepter : nos biens viennent de l'Empereur, nous n'avons pas un centime qui ne soit un effet de sa munificence. N'est-ce pas être reconnaissants que d'obliger un de ses fidèles soldats ? Prenez donc cette somme avec aussi peu de façons que j'en mets à vous l'offrir. Ce n'est que de l'argent, ajouta-t-elle d'un ton de mépris. Maintenant, quant à des amis, vous en trouverez ! » Là, elle leva fièrement la tête, et ses yeux brillèrent d'un éclat inusité. « La tête qui tombera demain devant une douzaine de fusils sauve la vôtre, reprit-elle. Attendez que cet orage passe, et vous pourrez aller chercher du service à l'étranger si l'on ne vous oublie pas, ou dans l'armée française si l'on vous oublie. »

Il existe dans les consolations que donne une femme une délicatesse qui a toujours quelque chose de maternel, de prévoyant, de complet. Mais quand, à ces paroles de paix et d'espérance, se joignent la grâce des gestes, cette éloquence de ton qui vient du cœur, et que surtout la bienfaitrice est belle, il est difficile à un jeune homme de résister. Le colonel aspira l'amour par tous les sens. Une légère teinte rose nuança ses joues blanches, ses yeux perdirent un peu de la mélancolie qui les ternissait, et il dit d'un son de voix particulier : « Vous êtes un ange de bonté ! Mais Labédoyère, ajouta-t-il, Labédoyère ! »

À ce cri, ils se regardèrent tous trois en silence, et ils se comprirent. Ce n'était plus des amis de vingt minutes, mais de vingt ans.

« Mon cher, reprit Servin, pouvez-vous le sauver ?
— Je puis le venger ! »

Ginevra tressaillit : quoique l'inconnu fût beau, son aspect n'avait point ému la jeune fille ; la douce pitié que les femmes trouvent dans leur cœur pour les misères qui n'ont rien d'ignoble avait étouffé chez Ginevra toute autre affection ; mais entendre un cri de vengeance, rencontrer dans ce proscrit une âme italienne, du dévouement pour Napoléon, de la générosité à la corse ?... c'en était trop pour elle, elle contempla donc l'officier avec une émotion respectueuse qui lui agita fortement le cœur. Pour la première fois, un homme lui faisait éprouver un sentiment si vif. Comme toutes les femmes, elle se plut à mettre l'âme de l'inconnu en harmonie avec la beauté distinguée de ses traits, avec les heureuses proportions de sa taille qu'elle admirait en artiste. Menée par le hasard de la curiosité à la pitié, de la pitié à un intérêt puissant, elle arrivait de cet intérêt à des sensations si profondes, qu'elle crut dangereux de rester là plus longtemps.

« À demain », dit-elle en laissant à l'officier le plus doux de ses sourires pour consolation.

En voyant ce sourire, qui jetait comme un nouveau jour sur la figure de Ginevra, l'inconnu oublia tout pendant un instant.

« Demain, répondit-il avec tristesse, demain, Labédoyère... »

Ginevra se retourna, mit un doigt sur ses lèvres, et le regarda comme si elle lui disait : « Calmez-vous, soyez prudent. »

Alors le jeune homme s'écria : « *O Dio ! che non vorrei vivere dopo averla veduta !* » (Ô Dieu ! qui ne voudrait vivre après l'avoir vue !)

L'accent particulier avec lequel il prononça cette phrase fit tressaillir Ginevra.

« Vous êtes Corse ? s'écria-t-elle en revenant à lui le cœur palpitant d'aise.

— Je suis né en Corse, répondit-il ; mais j'ai été amené très jeune à Gênes ; et, aussitôt que j'eus atteint l'âge auquel on entre au service militaire, je me suis engagé. »

La beauté de l'inconnu, l'attrait surnaturel que lui prêtaient son attachement à l'Empereur, sa blessure, son malheur, son danger même, tout disparut aux yeux de Ginevra, ou plutôt tout se fondit dans un seul sentiment, nouveau, délicieux. Ce proscrit était un enfant de la Corse, il en parlait le langage chéri ! La jeune fille resta pendant un moment immobile, retenue par une sensation magique ; elle avait sous les yeux un tableau vivant auquel tous les sentiments humains réunis et le hasard donnaient de vives couleurs : sur l'invitation de Servin, l'officier s'était assis sur un divan, le peintre avait dénoué l'écharpe qui retenait le bras de son hôte, et s'occupait à en défaire l'appareil afin de panser la blessure. Ginevra frissonna en voyant la longue et large plaie faite par la lame d'un sabre sur l'avant-bras du jeune homme, et laissa échapper une plainte. L'inconnu leva la tête vers elle et se mit à sourire. Il y avait quelque chose de touchant et qui allait à l'âme dans l'attention avec laquelle Servin enlevait la charpie et tâtait les chairs meurtries ; tandis que la figure du blessé, quoique pâle et maladive, exprimait, à l'aspect de la jeune fille, plus de plaisir que de souffrance. Une artiste devait admirer involontairement cette opposition de sentiments, et les contrastes que produisaient la blancheur des linges, la nudité du bras, avec l'uniforme bleu et rouge de l'officier. En ce moment, une obscurité douce enveloppait l'atelier ; mais un dernier rayon de soleil vint éclairer la place où se trouvait le proscrit, en sorte que sa noble et blanche figure, ses cheveux noirs, ses vêtements, tout fut inondé par le jour. Cet effet si simple, la superstitieuse Italienne le prit pour un heureux présage. L'inconnu ressemblait ainsi à un céleste messager qui lui faisait entendre le langage de la patrie, et la mettait sous le charme des souvenirs de son enfance, pendant que dans son cœur naissait un sentiment aussi frais, aussi pur que son premier âge d'innocence. Pendant un moment bien court, elle demeura songeuse et comme plongée dans une pensée infinie ; puis elle rougit de laisser voir sa préoccupation, échangea un doux et rapide regard avec le proscrit, et s'enfuit en le voyant toujours.

Le lendemain n'était pas un jour de leçon, Ginevra vint à l'atelier et le prisonnier put rester auprès de sa compatriote ; Servin, qui avait une esquisse à terminer, permit au reclus d'y demeurer en servant de mentor aux deux jeunes gens qui s'entretinrent souvent en corse. Le pauvre soldat raconta ses souffrances pendant la déroute de Moscou, car il s'était trouvé, à l'âge de dix-neuf ans, au passage de la Bérézina, seul de son régiment, après avoir perdu dans ses camarades les seuls hommes qui pussent s'intéresser à un orphelin. Il peignit en traits de feu le grand désastre de Waterloo. Sa voix fut une musique pour l'Italienne. Élevée à la corse, Ginevra était en quelque sorte la fille de la nature, elle ignorait le mensonge et se livrait sans détour à ses impressions, elle les avouait, ou plutôt les laissait deviner sans le manège de la petite et calculatrice coquetterie des jeunes filles de Paris. Pendant cette journée, elle resta plus d'une fois, sa palette d'une main, son pinceau de l'autre, sans que le pinceau s'abreuvât des couleurs de la palette : les yeux attachés sur l'officier et la bouche légèrement entrouverte, elle écoutait, se tenant toujours prête à donner un coup de pinceau qu'elle ne donnait jamais. Elle ne s'étonnait pas de trouver tant de douceur dans les yeux du jeune homme, car elle sentait les siens devenir doux malgré sa volonté de les tenir sévères ou calmes. Puis, elle peignait ensuite avec une attention particulière et pendant des heures entières, sans lever la tête, parce qu'il était là, près d'elle, la regardant travailler. La première fois qu'il vint s'asseoir pour la contempler en silence, elle lui dit d'un son de voix ému, et après une longue pause : « Cela vous amuse donc de voir peindre ? » Ce jour-là, elle apprit qu'il se nommait Luigi. Avant de se séparer, ils convinrent que, les jours d'atelier, s'il arrivait quelque événement politique important, Ginevra l'en instruirait en chantant à voix basse certains airs italiens.

Le lendemain Mlle Thirion apprit sous le secret à toutes ses compagnes que Ginevra di Piombo était aimée d'un jeune homme qui venait, pendant les heures consacrées aux leçons, s'établir dans le cabinet noir de l'atelier.

« Vous qui prenez son parti, dit-elle à Mlle Roguin, examinez-la bien, et vous verrez à quoi elle passera son temps. »

Ginevra fut donc observée avec une attention diabolique. On écouta ses chansons, on épia ses regards. Au moment où elle ne croyait être vue de personne, une douzaine d'yeux étaient incessamment arrêtés sur elle. Ainsi prévenues, ces jeunes filles interprétèrent dans leur sens vrai les agitations qui passèrent sur la brillante figure de l'Italienne, et ses gestes, et l'accent particulier de ses fredonnements, et l'air attentif avec lequel on la vit écoutant des sons indistincts qu'elle seule entendait à travers la cloison. Au bout d'une semaine, une seule des quinze élèves de Servin, Laure, avait résisté à l'envie d'examiner Louis par la crevasse de la cloison ; et, par un instinct de la faiblesse, elle défendait encore la belle Corse ; Mlle Roguin voulut la faire rester sur l'escalier à l'heure du départ afin de lui prouver l'intimité de Ginevra et du beau jeune homme en les surprenant ensemble ; mais elle refusa de descendre à un espionnage que la curiosité ne justifiait pas, et devint l'objet d'une réprobation universelle. Bientôt la fille de l'huissier du cabinet du roi trouva peu convenable de venir à l'atelier d'un peintre dont les opinions avaient une teinte de patriotisme ou de bonapartisme, ce qui, à cette époque, semblait une seule et même chose, elle ne revint donc plus chez Servin. Si Amélie oublia Ginevra, le mal qu'elle avait semé porta ses fruits. Insensiblement, par hasard, par caquetage ou par pruderie, toutes les autres jeunes personnes instruisirent leurs mères de l'étrange aventure qui se passait à l'atelier. Un jour Mathilde Roguin ne vint pas, la leçon suivante ce fut une autre jeune fille ; enfin trois ou quatre demoiselles, qui étaient restées les dernières, ne revinrent plus. Ginevra et Mlle Laure, sa petite amie, furent pendant deux ou trois jours les seules habitantes de l'atelier désert. L'Italienne ne s'aperçut point de l'abandon dans lequel elle se trouvait, et ne recherca même pas la cause de l'absence de ses compagnes. Dès qu'elle eut inventé les moyens de correspondre avec Louis, elle vécut à l'atelier comme dans une délicieuse retraite, seule au milieu d'un monde, ne pensant qu'à l'officier et aux dangers qui le menaçaient. Cette jeune fille, quoique sincèrement admiratrice des nobles caractères qui ne veulent pas trahir leur foi politique, pressait Louis de se soumettre promptement à l'autorité royale, afin de le garder en France, et Louis ne voulait point se soumettre pour ne pas sortir de sa cachette. Si les passions ne naissent et ne grandissent que sous l'influence de causes romanesques, jamais tant de circonstances ne concoururent à lier deux êtres par un même sentiment. L'amitié de Ginevra pour Louis et de Louis pour elle fit ainsi plus de progrès en un mois qu'une amitié du monde n'en fait en dix ans dans un salon. L'adversité n'est-elle pas la pierre de touche des caractères ? Ginevra put donc apprécier facilement Louis, le connaître, et ils ressentirent bientôt une estime réciproque l'un pour l'autre. Plus âgée que Louis, Ginevra trouva quelque douceur à être courtisée par un jeune homme déjà si grand, si éprouvé par le sort, et qui joignait à l'expérience d'un homme les grâces de l'adolescence. De son côté, Louis ressentit un indicible plaisir à se laisser protéger en apparence par une jeune fille de vingt-cinq ans. N'était-ce pas une preuve d'amour ? L'union de la douceur et de la fierté, de la force et de la faiblesse avait en Ginevra d'irrésistibles attraits, aussi Louis fut-il entièrement subjugué par elle. Enfin, ils s'aimaient si profondément déjà, qu'ils n'eurent besoin ni de se le nier, ni de se le dire.

Un jour, vers le soir, Ginevra entendit le signal convenu : Louis frappait avec une épingle sur la boiserie de manière à ne pas produire plus de bruit qu'une araignée qui attache son fil, et demandait ainsi à sortir de sa retraite, elle jeta un coup d'œil dans l'atelier, ne vit pas la petite Laure, et répondit au signal ; mais en ouvrant la porte, Louis aperçut l'écolière, et rentra précipitamment. Étonnée, Ginevra regarde autour d'elle, trouve Laure, et lui dit en allant à son chevalet : « Vous restez bien tard, ma chère. Cette tête me paraît pourtant achevée, il n'y a plus qu'un reflet à indiquer sur le haut de cette tresse de cheveux.

— Vous seriez bien bonne, dit Laure d'une voix émue, si vous vouliez me corriger cette copie, je pourrais conserver quelque chose de vous...

— Je veux bien, répondit Ginevra sûre de pouvoir ainsi la congédier. Je croyais, reprit-elle en donnant de légers coups de pinceau, que vous aviez beaucoup de chemin à faire de chez vous à l'atelier.

— Oh ! Ginevra, je vais m'en aller et pour toujours, s'écria la jeune fille d'un air triste.

— Vous quittez M. Servin, demanda l'Italienne sans se montrer affectée de ces paroles comme elle l'aurait été un mois auparavant.

— Vous ne vous apercevez donc pas, Ginevra, que depuis quelque temps il n'y a plus ici que vous et moi ?

— C'est vrai, répondit Ginevra frappée tout à coup

comme par un souvenir. Ces demoiselles seraient-elles malades, se marieraient-elles, ou leurs pères seraient-ils tous de service au château ?

— Toutes ont quitté M. Servin, répondit Laure.
— Et pourquoi ?
— À cause de vous, Ginevra.
— De moi ! répéta la fille corse en se levant, le front menaçant, l'air fier et les yeux étincelants.
— Oh ! ne vous fâchez pas, ma bonne Ginevra, s'écria douloureusement Laure. Mais ma mère aussi veut que je quitte l'atelier. Toutes ces demoiselles ont dit que vous aviez une intrigue, que M. Servin se prêtait à ce qu'un jeune homme qui vous aime demeurât dans le cabinet noir ; je n'ai jamais cru ces calomnies et n'en ai rien dit à ma mère. Hier au soir, Mme Roguin a rencontré ma mère dans un bal et lui a demandé si elle m'envoyait toujours ici. Sur la réponse affirmative de ma mère, elle lui a répété les mensonges de ces demoiselles. Maman m'a bien grondée, elle a prétendu que je devais savoir tout cela, que j'avais manqué à la confiance qui règne entre une mère et sa fille en ne lui en parlant pas. Ô ma chère Ginevra ! moi qui vous prenais pour modèle, combien je suis fâchée de ne plus pouvoir rester votre compagne...

— Nous nous retrouverons dans la vie : les jeunes filles se marient... dit Ginevra.

— Quand elles sont riches, répondit Laure.
— Viens me voir, mon père a de la fortune...
— Ginevra, reprit Laure attendrie, Mme Roguin et ma mère doivent venir demain chez M. Servin pour

lui faire des reproches, au moins qu'il en soit prévenu. »

La foudre tombée à deux pas de Ginevra l'aurait moins étonnée que cette révélation.

« Qu'est-ce que cela leur faisait ? dit-elle naïvement.

— Tout le monde trouve cela fort mal. Maman dit que c'est contraire aux mœurs...

— Et vous, Laure, qu'en pensez-vous ? »

La jeune fille regarda Ginevra, leurs pensées se confondirent ; Laure ne retint plus ses larmes, se jeta au cou de son amie et l'embrassa. En ce moment, Servin arriva.

« Mademoiselle Ginevra, dit-il avec enthousiasme, j'ai fini mon tableau, on le vernit. Qu'avez-vous donc ? Il paraît que toutes ces demoiselles prennent des vacances, ou sont à la campagne. »

Laure sécha ses larmes, salua Servin, et se retira.

« L'atelier est désert depuis plusieurs jours, dit Ginevra, et ces demoiselles ne reviendront plus.

— Bah ?...

— Oh ! ne riez pas, reprit Ginevra, écoutez-moi : je suis la cause involontaire de la perte de votre réputation. »

L'artiste se mit à sourire, et dit en interrompant son écolière : « Ma réputation ?... mais, dans quelques jours, mon tableau sera exposé.

— Il ne s'agit pas de votre talent, dit l'Italienne ; mais de votre moralité. Ces demoiselles ont publié que Louis était renfermé ici, que vous vous prêtiez... à... notre amour...

— Il y a du vrai là-dedans, mademoiselle, répondit le professeur. Les mères de ces demoiselles sont des bégueules, reprit-il. Si elles étaient venues me trouver, tout se serait expliqué. Mais que je prenne du souci de tout cela ? la vie est trop courte ! »

Et le peintre fit craquer ses doigts par-dessus sa tête. Louis, qui avait entendu une partie de cette conversation, accourut aussitôt.

« Vous allez perdre toutes vos écolières, s'écria-t-il, et je vous aurai ruiné. »

L'artiste prit la main de Louis et celle de Ginevra, les joignit. « Vous vous marierez, mes enfants ? » leur demanda-t-il avec une touchante bonhomie. Ils baissèrent tous deux les yeux, et leur silence fut le premier aveu qu'ils se firent. « Eh bien ! reprit Servin, vous serez heureux, n'est-ce pas ? Y a-t-il quelque chose qui puisse payer le bonheur de deux êtres tels que vous ?

— Je suis riche, dit Ginevra, et vous me permettrez de vous indemniser...

— Indemniser ?... s'écria Servin. Quand on saura que j'ai été victime des calomnies de quelques sottes, et que je cachais un proscrit ; mais tous les libéraux de Paris m'enverront leurs filles ! Je serai peut-être alors votre débiteur... »

Louis serrait la main de son protecteur sans pouvoir prononcer une parole ; mais enfin il lui dit d'une voix attendrie : « C'est donc à vous que je devrai toute ma félicité.

— Soyez heureux, je vous unis », dit le peintre

avec une onction comique en imposant ses mains sur la tête des deux amants.

Cette plaisanterie d'artiste mit fin à leur attendrissement. Ils se regardèrent tous trois en riant. L'Italienne serra la main de Louis par une violente étreinte et avec une simplicité d'action digne des mœurs de sa patrie.

« Ah çà, mes chers enfants, reprit Servin, vous croyez que tout ça va maintenant à merveille ? Eh bien, vous vous trompez. »

Les deux amants l'examinèrent avec étonnement.

« Rassurez-vous, je suis le seul que votre espièglerie embarrasse ! Mme Servin est un peu *collet monté*, et je ne sais en vérité pas comment nous nous arrangerons avec elle.

— Dieu ! j'oubliais ! s'écria Ginevra. Demain, Mme Roguin et la mère de Laure doivent venir vous...

— J'entends ! dit le peintre en interrompant.

— Mais vous pouvez vous justifier, reprit la jeune fille en laissant échapper un geste de tête plein d'orgueil. Monsieur Louis, dit-elle en se tournant vers lui et le regardant avec finesse, ne doit plus avoir d'antipathie pour le gouvernement royal ? — Eh bien, reprit-elle après l'avoir vu souriant, demain matin j'enverrai une pétition à l'un des personnages les plus influents du ministère de la Guerre, à un homme qui ne peut rien refuser à la fille du baron de Piombo. Nous obtiendrons un pardon tacite pour le commandant Louis, car *ils* ne voudront pas vous reconnaître le grade de colonel. Et vous pourrez, ajouta-t-elle en s'adressant à Servin, confondre les mères de mes charitables compagnes en leur disant la vérité.

— Vous êtes un ange ! » s'écria Servin.

Pendant que cette scène se passait à l'atelier, le père et la mère de Ginevra s'impatientaient de ne pas la voir revenir.

« Il est six heures, et Ginevra n'est pas encore de retour, s'écria Bartholoméo.

— Elle n'est jamais rentrée si tard », répondit la femme de Piombo.

Les deux vieillards se regardèrent avec toutes les marques d'une anxiété peu ordinaire. Trop agité pour rester en place, Bartholoméo se leva et fit deux fois le tour de son salon assez lestement pour un homme de soixante-dix-sept ans. Grâce à sa constitution robuste, il avait subi peu de changements depuis le jour de son arrivée à Paris, et malgré sa haute taille, il se tenait encore droit. Ses cheveux devenus blancs et rares laissaient à découvert un crâne large et protubérant qui donnait une haute idée de son caractère et de sa fermeté. Sa figure marquée de rides profondes avait pris un très grand développement et gardait ce teint pâle qui inspire la vénération. La fougue des passions régnait encore dans le feu surnaturel de ses yeux dont les sourcils n'avaient pas entièrement blanchi, et qui conservaient leur terrible mobilité. L'aspect de cette tête était sévère, mais on voyait que Bartholoméo avait le droit d'être ainsi. Sa bonté, sa douceur n'étaient guère connues que de sa femme et de sa fille. Dans ses fonctions ou devant un étranger, il ne déposait jamais la majesté que le temps imprimait à sa personne, et l'habitude de froncer ses gros sourcils, de contracter les rides de son visage, de donner à son regard une fixité napoléonienne, rendait son abord glacial. Pendant le cours de sa vie politique, il avait été si généralement craint, qu'il passait pour peu sociable ; mais il n'est pas difficile d'expliquer les causes de cette réputation. La vie, les mœurs et la fidélité de Piombo faisaient la censure de la plupart des courtisans. Malgré les missions délicates confiées à sa discrétion, et qui pour tout autre eussent été lucratives, il ne possédait pas plus d'une trentaine de mille livres de rente en inscriptions sur le Grand Livre. Si l'on vient à songer au bon marché des rentes sous l'Empire, à la libéralité de Napoléon envers ceux de ses fidèles serviteurs qui savaient parler, il est facile de voir que le baron de Piombo était un homme d'une probité sévère ; il ne devait son plumage de baron qu'à la nécessité dans laquelle Napoléon s'était trouvé de lui donner un titre en l'envoyant dans une cour étrangère. Bartholoméo avait toujours professé une haine implacable pour les traîtres dont s'entoura Napoléon en croyant les conquérir à force de victoires. Ce fut lui qui, dit-on, fit trois pas vers la porte du cabinet de l'Empereur, après lui avoir donné le conseil de se débarrasser de trois hommes en France, la veille du jour où il partit pour sa célèbre et admirable campagne de 1814. Depuis le second retour des Bourbons, Bartholoméo ne portait plus la décoration de la Légion d'honneur. Jamais homme n'offrit une plus belle image de ces vieux républicains, amis incorruptibles de l'Empire, qui restaient comme les vivants débris des deux gouvernements les plus énergiques que le monde ait connus. Si le baron de Piombo déplaisait à quelques courtisans, il avait les Daru, les Drouot, les Carnot pour amis. Aussi, quant au reste des hommes politiques, depuis Waterloo, s'en souciait-il autant que des bouffées de fumée qu'il tirait de son cigare.

Bartholoméo di Piombo avait acquis, moyennant la somme assez modique que *Madame*, mère de l'Empereur, lui avait donnée de ses propriétés en Corse, l'ancien hôtel de Portenduère, dans lequel il ne fit aucun changement. Presque toujours logé aux frais du gouvernement, il n'habitait cette maison que depuis la catastrophe de Fontainebleau. Suivant l'habitude des gens simples et de haute vertu, le baron et sa femme ne donnaient rien au faste extérieur : leurs meubles provenaient de l'ancien ameublement de l'hôtel. Les grands appartements hauts d'étage, sombres et nus de cette demeure, les larges glaces encadrées dans de vieilles bordures dorées presque noires, et ce mobilier du temps de Louis XIV, étaient en rapport avec Bartholoméo et sa femme, personnages dignes de l'Antiquité. Sous l'Empire et pendant les Cent-Jours, en exerçant des fonctions largement rétribuées, le vieux Corse avait eu un grand train de maison, plutôt dans le but de faire honneur à sa place que dans le dessein de briller. Sa vie et celle de sa femme étaient si frugales, si tranquilles, que leur modeste fortune suffisait à leurs besoins. Pour eux, leur fille Ginevra valait toutes les richesses du monde. Aussi, quand, en mai 1814, le baron de Piombo quitta sa place, congédia ses gens et ferma la porte de son écurie, Ginevra, simple et sans faste comme ses parents, n'eut-elle aucun regret : à l'exemple des grandes âmes, elle mettait son luxe dans la force des sentiments, comme elle plaçait sa félicité dans la solitude et le travail. Puis, ces trois êtres s'aimaient trop pour que les dehors de l'existence eussent quelque prix à leurs yeux. Souvent, et surtout depuis la seconde et effroyable chute de Napoléon, Bartholoméo et sa femme passaient des soirées délicieuses à entendre Ginevra toucher du piano ou chanter. Il y avait pour eux un immense secret de plaisir dans la présence, dans la moindre parole de leur fille, ils la suivaient des yeux avec une tendre inquiétude, ils entendaient son pas dans la cour, quelque léger qu'il pût être. Semblables à des amants, ils savaient rester des heures entières silencieux tous trois, entendant mieux ainsi que par des paroles l'éloquence de leurs âmes. Ce sentiment profond, la vie même des deux vieillards, animait toutes leurs pensées. Ce n'était pas trois existences, mais une seule, qui, semblable à la flamme d'un foyer, se divisait en trois langues de feu. Si quelquefois le souvenir des bienfaits et du malheur de Napoléon, si la politique du moment triomphaient de la constante sollicitude des deux vieillards, ils pouvaient en parler sans rompre la communauté de leurs pensées : Ginevra ne partageait-elle pas leurs passions politiques ? Quoi de plus naturel que l'ardeur avec laquelle ils se réfugiaient dans le cœur de leur unique enfant ? Jusqu'alors, les occupations d'une vie publique avaient absorbé l'énergie du baron de Piombo ;

mais en quittant ses emplois, le Corse eut besoin de rejeter son énergie dans le dernier sentiment qui lui restât ; puis, à part les liens qui unissent un père et une mère à leur fille, il y avait peut-être, à l'insu de ces trois âmes despotiques, une puissante raison au fanatisme de leur passion réciproque : ils s'aimaient sans partage, le cœur tout entier de Ginevra appartenait à son père, comme à elle celui de Piombo ; enfin, s'il est vrai que nous nous attachions les uns aux autres plus par nos défauts que par nos qualités, Ginevra répondait merveilleusement bien à toutes les passions de son père. De là procédait la seule imperfection de cette triple vie. Ginevra était entière dans ses volontés, vindicative, emportée comme Bartholoméo l'avait été pendant sa jeunesse. Le Corse se complut à développer ces sentiments sauvages dans le cœur de sa fille, absolument comme un lion apprend à ses lionceaux à fondre sur leur proie. Mais cet apprentissage de vengeance ne pouvant en quelque sorte se faire qu'au logis paternel, Ginevra ne pardonnait rien à son père, et il fallait qu'il lui cédât. Piombo ne voyait que des enfantillages dans ces querelles factices ; mais l'enfant y contracta l'habitude de dominer ses parents. Au milieu de ces tempêtes que Bartholoméo aimait à exciter, un mot de tendresse, un regard suffisaient pour apaiser leurs âmes courroucées, et ils n'étaient jamais si près d'un baiser que quand ils se menaçaient. Cependant, depuis cinq années environ, Ginevra, devenue plus sage que son père, évitait constamment ces sortes de scènes. Sa fidélité, son dévouement, l'amour qui triomphait dans toutes ses pensées et son admirable bon sens avaient fait justice de ses colères ; mais il n'en était pas moins résulté un bien grand mal : Ginevra vivait avec son père et sa mère sur le pied d'une égalité toujours funeste. Pour achever de faire connaître tous les changements survenus chez ces trois personnages depuis leur arrivée à Paris, Piombo et sa femme, gens sans instruction, avaient laissé Ginevra étudier à sa fantaisie. Au gré de ses caprices de jeune fille, elle avait tout appris et tout quitté, reprenant et laissant chaque pensée tour à tour, jusqu'à ce que la peinture fût devenue sa passion dominante ; elle eût été parfaite, si sa mère avait été capable de diriger ses études, de l'éclairer et de mettre en harmonie les dons de la nature : ses défauts provenaient de la funeste éducation que le vieux Corse avait pris plaisir à lui donner.

Après avoir pendant longtemps fait crier sous ses pas les feuilles du parquet, le vieillard sonna. Un domestique parut.

« Allez au-devant de Mlle Ginevra, dit-il.

— J'ai toujours regretté de ne plus avoir de voiture pour elle, observa la baronne.

— Elle n'en a pas voulu », répondit Piombo en regardant sa femme qui accoutumée depuis quarante ans à son rôle d'obéissance baissa les yeux.

Déjà septuagénaire, grande, sèche, pâle et ridée, la baronne ressemblait parfaitement à ces vieilles femmes que Schnetz met dans les scènes italiennes de ses tableaux de genre ; elle restait si habituellement silencieuse, qu'on l'eût prise pour une nouvelle Mme Shandy ; mais un mot, un regard, un geste annonçaient que ses sentiments avaient gardé la vigueur et la fraîcheur de la jeunesse. Sa toilette, dépouillée de coquetterie, manquait souvent de goût. Elle demeurait ordinairement passive, plongée dans une bergère, comme une sultane *Validé*, attendant ou admirant sa Ginevra, son orgueil et sa vie. La beauté, la toilette, la grâce de sa fille, semblaient être devenues siennes. Tout pour elle était bien quand Ginevra se trouvait heureuse. Ses cheveux avaient blanchi, et quelques mèches se voyaient au-dessus de son front blanc et ridé, ou le long de ses joues creuses.

« Voilà quinze jours environ, dit-elle, que Ginevra rentre un peu plus tard.

— Jean n'ira pas assez vite, s'écria l'impatient vieillard qui croisa les basques de son habit bleu, saisit son chapeau, l'enfonça sur sa tête, prit sa canne et partit.

— Tu n'iras pas loin », lui cria sa femme.

En effet, la porte cochère s'était ouverte et fermée, et la vieille mère entendait le pas de Ginevra dans la cour. Bartholoméo reparut tout à coup portant en triomphe sa fille, qui se débattait dans ses bras.

« La voici, la Ginevra, la Ginevrettina, la Ginevrina, la Ginevrola, la Ginevretta, la Ginevra bella !

— Mon père, vous me faites mal. »

Aussitôt Ginevra fut posée à terre avec une sorte de respect. Elle agita la tête par un gracieux mouvement pour rassurer sa mère qui déjà s'effrayait, et pour lui dire : c'est une ruse. Le visage terne et pâle de la baronne reprit alors ses couleurs et une espèce de gaieté. Piombo se frotta les mains avec une force extrême, symptôme le plus certain de sa joie ; il avait pris cette habitude à la cour en voyant Napoléon se mettre en colère contre ceux de ses généraux ou de ses ministres qui le servaient mal ou qui avaient commis quelque faute. Les muscles de sa figure une fois détendus, la moindre ride de son front exprimait la bienveillance. Ces deux vieillards offraient en ce moment une image exacte de ces plantes souffrantes auxquelles un peu d'eau rend la vie après une longue sécheresse.

« À table, à table ! » s'écria le baron en présentant sa large main à Ginevra qu'il nomma Signora Piombellina, autre symptôme de gaieté auquel sa fille répondit par un sourire.

« Ah çà, dit Piombo en sortant de table, sais-tu que ta mère m'a fait observer que depuis un mois tu restes beaucoup plus longtemps que de coutume à ton atelier ? Il paraît que la peinture passe avant nous.

— Ô mon père !

— Ginevra nous prépare sans doute quelque surprise, dit la mère.

— Tu m'apporterais un tableau de toi ? s'écria le Corse en frappant dans ses mains.

— Oui, je suis très occupée à l'atelier, répondit-elle.

— Qu'as-tu donc, Ginevra ? Tu pâlis ! lui dit sa mère.

— Non ! s'écria la jeune fille en laissant échapper un geste de résolution, non, il ne sera pas dit que Ginevra Piombo aura menti une fois dans sa vie. »

En entendant cette singulière exclamation, Piombo et sa femme regardèrent leur fille d'un air étonné.

« J'aime un jeune homme », ajouta-t-elle d'une voix émue.

Puis sans oser regarder ses parents, elle abaissa ses larges paupières, comme pour voiler le feu de ses yeux.

« Est-ce un prince ? lui demanda ironiquement son père en prenant un son de voix qui fit trembler la mère et la fille.

— Non, mon père, répondit-elle avec modestie, c'est un jeune homme sans fortune...

— Il est donc bien beau ?

— Il est malheureux.

— Que fait-il ?

— Compagnon de Labédoyère, il était proscrit, sans asile, Servin l'a caché, et...

— Servin est un honnête garçon qui s'est bien comporté, s'écria Piombo ; mais vous faites mal, vous, ma fille, d'aimer un autre homme que votre père...

— Il ne dépend pas de moi de ne pas aimer, répondit doucement Ginevra.

— Je me flattais, reprit son père, que ma Ginevra me serait fidèle jusqu'à ma mort, que mes soins et ceux de sa mère seraient les seuls qu'elle aurait reçus, que notre tendresse n'aurait pas rencontré dans son âme de tendresse rivale, et que...

— Vous ai-je reproché votre fanatisme pour Napoléon ? dit Ginevra. N'avez-vous aimé que moi ? n'avez-vous pas été des mois entiers en ambassade ?

n'ai-je pas supporté courageusement vos absences ? La vie a des nécessités qu'il faut savoir subir.

— Ginevra !

— Non, vous ne m'aimez pas pour moi, et vos reproches trahissent un insupportable égoïsme.

— Tu accuses l'amour de ton père, s'écria Piombo les yeux flamboyants.

— Mon père, je ne vous accuserai jamais, répondit Ginevra avec plus de douceur que sa mère tremblante n'en attendait. Vous avez raison dans votre égoïsme, comme j'ai raison dans mon amour. Le ciel m'est témoin que jamais fille n'a mieux rempli ses devoirs auprès de ses parents. Je n'ai jamais vu que bonheur et amour là où d'autres voient souvent des obligations. Voici quinze ans que je ne me suis pas écartée de dessous votre aile protectrice, et ce fut un bien doux plaisir pour moi que de charmer vos jours. Mais serais-je donc ingrate en me livrant au charme d'aimer, en désirant un époux qui me protège après vous ?

— Ah ! tu comptes avec ton père, Ginevra », reprit le vieillard d'un ton sinistre.

Il se fit une pause effrayante pendant laquelle personne n'osa parler. Enfin, Bartholoméo rompit le silence en s'écriant d'une voix déchirante : « Oh ! reste avec nous, reste auprès de ton vieux père ! Je ne saurais te voir aimant un homme. Ginevra, tu n'attendras pas longtemps ta liberté...

— Mais, mon père, songez donc que nous ne vous quitterons pas, que nous serons deux à vous aimer, que vous connaîtrez l'homme aux soins duquel vous me laisserez ! Vous serez doublement chéri par moi et par lui : par lui qui est encore moi, et par moi qui suis tout lui-même.

— Ô Ginevra ! Ginevra ! s'écria le Corse en serrant les poings, pourquoi ne t'es-tu pas mariée quand Napoléon m'avait accoutumé à cette idée, et qu'il te présentait des ducs et des comtes ?

— Ils m'aimaient par ordre, dit la jeune fille. D'ailleurs, je ne voulais pas vous quitter, et ils m'auraient emmenée avec eux.

— Tu ne veux pas nous laisser seuls, dit Piombo ; mais te marier, c'est nous isoler ! Je te connais, ma fille, tu ne nous aimeras plus. Élisa, ajouta-t-il en regardant sa femme qui restait immobile et comme stupide, nous n'avons plus de fille, elle veut se marier. »

Le vieillard s'assit après avoir levé les mains en l'air comme pour invoquer Dieu ; puis il resta courbé comme accablé sous sa peine. Ginevra vit l'agitation de son père, et la modération de sa colère lui brisa le cœur ; elle s'attendait à une crise, à des fureurs, elle n'avait pas armé son âme contre la douceur paternelle.

« Mon père, dit-elle d'une voix touchante, non, vous ne serez jamais abandonné par votre Ginevra. Mais aimez-la aussi un peu pour elle. Si vous saviez comme *il* m'aime ! Ah ! ce ne serait pas lui qui me ferait de la peine !

— Déjà des comparaisons, s'écria Piombo avec un accent terrible. Non, je ne puis supporter cette idée, reprit-il. S'il t'aimait comme tu mérites de l'être, il me tuerait ; et s'il ne t'aimait pas, je le poignarderais. »

Les mains de Piombo tremblaient, ses lèvres tremblaient, son corps tremblait et ses yeux lançaient des éclairs ; Ginevra seule pouvait soutenir son regard, car alors elle allumait ses yeux, et la fille était digne du père.

« Oh ! t'aimer ! Quel est l'homme digne de cette vie ? reprit-il. T'aimer comme un père, n'est-ce pas déjà vivre dans le paradis ; qui donc sera jamais digne d'être ton époux ?

— Lui, dit Ginevra, lui de qui je me sens indigne.

— Lui ? répéta machinalement Piombo. Qui, *lui* ?

— Celui que j'aime.

— Est-ce qu'il peut te connaître encore assez pour t'adorer ?

— Mais, mon père, reprit Ginevra éprouvant un mouvement d'impatience, quand il ne m'aimerait pas, du moment où je l'aime...

— Tu l'aimes donc ? » s'écria Piombo. Ginevra inclina doucement la tête. « Tu l'aimes alors plus que nous ?

— Ces deux sentiments ne peuvent se comparer, répondit-elle.

— L'un est plus fort que l'autre, reprit Piombo.

— Je crois que oui, dit Ginevra.

— Tu ne l'épouseras pas, cria le Corse dont la voix fit résonner les vitres du salon.

— Je l'épouserai, répliqua tranquillement Ginevra.

— Mon Dieu ! mon Dieu ! s'écria la mère, comment finira cette querelle ? *Santa Virgina !* mettez-vous entre eux. »

Le baron, qui se promenait à grands pas, vint s'asseoir ; une sévérité glacée rembrunissait son visage, il regarda fixement sa fille, et lui dit d'une voix douce et affaiblie : « Eh bien ! Ginevra ! non, tu ne l'épouseras pas. Oh ! ne me dis pas oui ce soir ?... laisse-moi croire le contraire. Veux-tu voir ton père à genoux et ses cheveux blancs prosternés devant toi ? je vais te supplier...

— Ginevra Piombo n'a pas été habituée à promettre et à ne pas tenir, répondit-elle. Je suis votre fille.

— Elle a raison, dit la baronne, nous sommes mises au monde pour nous marier.

— Ainsi, vous l'encouragez dans sa désobéissance, dit le baron à sa femme qui frappée de ce mot se changea en statue.

— Ce n'est pas désobéir que de se refuser à un ordre injuste, répondit Ginevra.

— Il ne peut pas être injuste quand il émane de la bouche de votre père, ma fille ! Pourquoi me jugez-vous ? La répugnance que j'éprouve n'est-elle pas un conseil d'en haut ? Je vous préserve peut-être d'un malheur.

— Le malheur serait qu'il ne m'aimât pas.

— Toujours lui !

— Oui, toujours, reprit-elle. Il est ma vie, mon bien, ma pensée. Même en vous obéissant, il serait toujours dans mon cœur. Me défendre de l'épouser, n'est-ce pas vous faire haïr ?

— Tu ne nous aimes plus, s'écria Piombo.

— Oh ! dit Ginevra en agitant la tête.

— Eh bien ! oublie-le, reste-nous fidèle. Après nous... tu comprends.

— Mon père, voulez-vous me faire désirer votre mort ? s'écria Ginevra.

— Je vivrai plus longtemps que toi ! Les enfants qui n'honorent pas leurs parents meurent promptement, s'écria son père parvenu au dernier degré de l'exaspération.

— Raison de plus pour me marier promptement et être heureuse ! » dit-elle.

Ce sang-froid, cette puissance de raisonnement achevèrent de troubler Piombo, le sang lui porta violemment à la tête, son visage devint pourpre. Ginevra frissonna, elle s'élança comme un oiseau sur les genoux de son père, lui passa ses bras autour du cou, lui caressa les cheveux, et s'écria tout attendrie : « Oh ! oui, que je meure la première ! Je ne te survivrais pas, mon père, mon bon père !

— Ô ma Ginevra, ma folle Ginevrina, répondit Piombo dont toute la colère se fondit à cette caresse comme une glace sous les rayons du soleil.

— Il était temps que vous finissiez, dit la baronne d'une voix émue.

— Pauvre mère !

— Ah ! Ginevretta ! ma Ginevra bella ! »

Et le père jouait avec sa fille comme avec un enfant de six ans, il s'amusait à défaire les tresses ondoyantes de ses cheveux, à la faire sauter ; il y avait de la folie dans l'expression de sa tendresse. Bientôt sa fille le gronda en l'embrassant, et tenta d'obtenir en plaisantant l'entrée de son Louis au logis ; mais, tout en plaisantant aussi, le père refusa. Elle bouda, revint, bouda encore ; puis, à la fin de la soirée, elle se trouva contente d'avoir gravé dans le cœur de son père et son amour pour Louis et l'idée d'un mariage prochain. Le lendemain elle ne parla plus de son amour, elle alla plus tard à l'atelier, elle en revint de bonne heure ; elle devint plus caressante pour son père qu'elle ne l'avait jamais été, et se montra pleine de reconnaissance, comme pour le remercier du consentement qu'il semblait donner à son mariage par son silence. Le soir elle faisait longtemps de la musique, et souvent elle s'écriait : « Il faudrait une voix d'homme pour ce nocturne ! » Elle était italienne, c'est tout dire. Au bout de huit jours sa mère lui fit un signe, elle vint ; puis à l'oreille et à voix basse : « J'ai amené ton père à le recevoir, lui dit-elle.

— Ô ma mère ! vous me faites bien heureuse ! »

Ce jour-là Ginevra eut donc le bonheur de revenir à l'hôtel de son père en donnant le bras à Louis. Pour la seconde fois, le pauvre officier sortait de sa cachette. Les actives sollicitations que Ginevra faisait auprès du duc de Feltre, alors ministre de la Guerre, avaient été couronnées d'un plein succès. Louis venait d'être réintégré sur le contrôle des officiers en disponibilité. C'était un bien grand pas vers un meilleur avenir. Instruit par son amie de toutes les difficultés qui l'attendaient auprès du baron, le jeune chef de bataillon n'osait avouer la crainte qu'il avait de ne pas lui plaire. Cet homme si courageux contre l'adversité, si brave sur un champ de bataille, tremblait en pensant à son entrée dans le salon des Piombo. Ginevra le sentit tressaillant, et cette émotion, dont le principe était leur bonheur, fut pour elle une nouvelle preuve d'amour.

« Comme vous êtes pâle ! lui dit-elle quand ils arrivèrent à la porte de l'hôtel.

— Ô Ginevra ! s'il ne s'agissait que de ma vie. »

Quoique Bartholoméo fût prévenu par sa femme de la présentation officielle de celui que Ginevra aimait, il n'alla pas à sa rencontre, resta dans le fauteuil où il avait l'habitude d'être assis, et la sévérité de son front fut glaciale.

« Mon père, dit Ginevra, je vous amène une personne que vous aurez sans doute plaisir à voir : M. Louis, un soldat qui combattait à quatre pas de l'Empereur à Mont-Saint-Jean... »

Le baron de Piombo se leva, jeta un regard furtif sur Louis, et lui dit d'une voix sardonique : « Monsieur n'est pas décoré ?

— Je ne porte plus la Légion d'honneur », répondit timidement Louis qui restait humblement debout.

Ginevra, blessée de l'impolitesse de son père, avança une chaise. La réponse de l'officier satisfit le vieux serviteur de Napoléon. Mme Piombo, s'apercevant que les sourcils de son mari reprenaient leur position naturelle, dit pour ranimer la conversation : « La ressemblance de monsieur avec Nina Porta est étonnante. Ne trouvez-vous pas que monsieur a toute la physionomie des Porta ?

— Rien de plus naturel, répondit le jeune homme sur qui les yeux flamboyants de Piombo s'arrêtèrent, Nina était ma sœur...

— Tu es Luigi Porta ? demanda le vieillard.

— Oui. »

Bartholoméo di Piombo se leva, chancela, fut obligé de s'appuyer sur une chaise et regarda sa femme, Élisa Piombo vint à lui ; puis les deux vieillards silencieux se donnèrent le bras et sortirent du salon en abandonnant leur fille avec une sorte d'horreur. Luigi Porta stupéfait regarda Ginevra, qui devint aussi blanche qu'une statue de marbre et resta les yeux fixés sur la porte vers laquelle son père et sa mère avaient disparu ; ce silence et cette retraite eurent quelque chose de si solennel que, pour la première fois peut-être, le sentiment de la crainte entra dans son cœur. Elle joignit ses mains l'une contre l'autre avec force, et dit d'une voix si émue qu'elle ne pouvait guère être entendue que par un amant : « Combien de malheur dans un mot !

— Au nom de notre amour, qu'ai-je donc dit, demanda Luigi Porta.

— Mon père, répondit-elle, ne m'a jamais parlé de notre déplorable histoire, et j'étais trop jeune quand j'ai quitté la Corse pour la savoir.

— Nous serions en *vendetta*, demanda Luigi en tremblant.

— Oui. En questionnant ma mère, j'ai appris que les Porta avaient tué mes frères et brûlé notre maison. Mon père a massacré toute votre famille. Comment avez-vous survécu, vous qu'il croyait avoir attaché aux colonnes d'un lit avant de mettre le feu à la maison ?

— Je ne sais, répondit Luigi. À six ans j'ai été amené à Gênes, chez un vieillard nommé Colonna. Aucun détail sur ma famille ne m'a été donné. Je savais seulement que j'étais orphelin et sans fortune. Ce Colonna me servait de père, et j'ai porté son nom jusqu'au jour où je suis entré au service. Comme il m'a fallu des actes pour prouver qui j'étais, le vieux Colonna m'a dit alors que moi, faible et presque enfant encore, j'avais des ennemis. Il m'a engagé à ne prendre que le nom de Luigi pour leur échapper.

— Partez, partez, Luigi, s'écria Ginevra ; mais non, je dois vous accompagner. Tant que vous êtes dans la maison de mon père, vous n'avez rien à craindre ; aussitôt que vous en sortirez, prenez bien garde à vous ! vous marcherez de danger en danger. Mon père a deux Corses à son service, et si ce n'est pas lui qui menacera vos jours, c'est eux.

— Ginevra, dit-il, cette haine existera-t-elle donc entre nous ? »

La jeune fille sourit tristement et baissa la tête. Elle la releva bientôt avec une sorte de fierté, et dit : « Ô Luigi, il faut que nos sentiments soient bien purs et bien sincères pour que j'aie la force de marcher dans la voie où je vais entrer. Mais il s'agit d'un bonheur qui doit durer toute la vie, n'est-ce pas ? »

Luigi ne répondit que par un sourire, et pressa la main de Ginevra. La jeune fille comprit qu'un véritable amour pouvait seul dédaigner en ce moment les protestations vulgaires. L'expression calme et consciencieuse des sentiments de Luigi annonçait en quelque sorte leur force et leur durée. La destinée de ces deux époux fut alors accomplie. Ginevra entrevit de bien cruels combats à soutenir ; mais l'idée d'abandonner Louis, idée qui peut-être avait flotté dans son âme, s'évanouit complètement. À lui pour toujours, elle l'entraîna tout à coup avec une sorte d'énergie hors de l'hôtel, et ne le quitta qu'au moment où il atteignit la maison dans laquelle Servin lui avait loué un modeste logement. Quand elle revint chez son père, elle avait pris cette espèce de sérénité que donne une résolution forte : aucune altération dans ses manières ne peignit d'inquiétude. Elle leva sur son père et sa mère, qu'elle trouva prêts à se mettre à table, des yeux dénués de hardiesse et pleins de douceur ; elle vit que sa vieille mère avait pleuré, la rougeur de ces paupières flétries ébranla un moment son cœur ; mais elle cacha son émotion. Piombo semblait être en proie à une douleur trop violente, trop concentrée pour qu'il pût la trahir par des expressions ordinaires. Les gens servirent le dîner, auquel personne ne toucha. L'horreur de la nourriture est un des symptômes qui trahissent les grandes crises de l'âme. Tous trois se levèrent sans qu'aucun d'eux se fût adressé la parole. Quand Ginevra fut placée entre son père et sa mère dans leur grand salon sombre et solennel, Piombo voulut parler, mais il ne trouva pas de voix ; il essaya de marcher, et ne trouva pas de force, il revint s'asseoir et sonna.

« Piétro, dit-il enfin au domestique, allumez du feu, j'ai froid. »

Ginevra tressaillit et regarda son père avec anxiété. Le combat qu'il se livrait devait être horrible, sa figure était bouleversée. Ginevra connaissait l'étendue du péril qui la menaçait, mais elle ne tremblait pas ; tandis que les regards furtifs que Bartholoméo jetait sur sa fille semblaient annoncer qu'il craignait en ce moment le caractère dont la violence était son propre ouvrage. Entre eux, tout devait être extrême. Aussi la certitude du changement qui pouvait s'opérer dans les sentiments du père et de la fille animait-elle le visage de la baronne d'une expression de terreur.

« Ginevra, vous aimez l'ennemi de votre famille, dit enfin Piombo sans oser regarder sa fille.

— Cela est vrai, répondit-elle.

— Il faut choisir entre lui et nous. Notre *vendetta* fait partie de nous-mêmes. Qui n'épouse pas ma vengeance, n'est pas de ma famille.

— Mon choix est fait », répondit Ginevra d'une voix calme.

La tranquillité de sa fille trompa Bartholoméo.

« Ô ma chère fille ! s'écria le vieillard qui montra ses paupières humectées par des larmes, les premières et les seules qu'il répandit dans sa vie.

— Je serai sa femme », dit brusquement Ginevra.

Bartholoméo eut comme un éblouissement : mais il recouvra son sang-froid et répliqua : « Ce mariage ne se fera pas de mon vivant, je n'y consentirai jamais. » Ginevra garda le silence. « Mais, dit le baron en continuant, songes-tu que Luigi est le fils de celui qui a tué tes frères ?

— Il avait six ans au moment où le crime a été commis, il doit en être innocent, répondit-elle.

— Un Porta ? s'écria Bartholoméo.

— Mais ai-je jamais pu partager cette haine ? dit vivement la jeune fille. M'avez-vous élevée dans cette croyance qu'un Porta était un monstre ? Pouvais-je penser qu'il restât un seul de ceux que vous aviez tués ? N'est-il pas naturel que vous fassiez céder votre *vendetta* à mes sentiments ?

— Un Porta ? dit Piombo. Si son père t'avait jadis trouvée dans ton lit, tu ne vivrais pas, il t'aurait donné cent fois la mort.

— Cela se peut, répondit-elle, mais son fils m'a donné plus que la vie. Voir Luigi, c'est un bonheur sans lequel je ne saurais vivre. Luigi m'a révélé le monde des sentiments. J'ai peut-être aperçu des figures plus belles encore que la sienne, mais aucune ne m'a autant charmée ; j'ai peut-être entendu des voix... non, non, jamais de plus mélodieuses. Luigi m'aime, il sera mon mari.

— Jamais, dit Piombo. J'aimerais mieux te voir dans ton cercueil, Ginevra. » Le vieux Corse se leva, se mit à parcourir à grands pas le salon et laissa échapper ces paroles après des pauses qui peignaient toute son agitation : « Vous croyez peut-être faire plier ma volonté ? détrompez-vous : je ne veux pas qu'un Porta soit mon gendre. Telle est ma sentence. Qu'il ne soit plus question de ceci entre nous. Je suis Bartholoméo di Piombo, entendez-vous, Ginevra ?

— Attachez-vous quelque sens mystérieux à ces paroles ? demanda-t-elle froidement.

— Elles signifient que j'ai un poignard, et que je ne crains pas la justice des hommes. Nous autres Corses, nous allons nous expliquer avec Dieu.

— Eh bien ! dit la fille en se levant, je suis Ginevra di Piombo, et je déclare que dans six mois je serai la femme de Luigi Porta. Vous êtes un tyran, mon père », ajouta-t-elle après une pause effrayante.

Bartholoméo serra ses poings et frappa sur le marbre de la cheminée : « Ah ! nous sommes à Paris », dit-il en murmurant.

Il se tut, se croisa les bras, pencha la tête sur sa poitrine et ne prononça plus une seule parole pendant toute la soirée. Après avoir exprimé sa volonté, la jeune fille affecta un sang-froid incroyable ; elle se mit au piano, chanta, joua des morceaux ravissants avec une grâce et un sentiment qui annonçaient une parfaite liberté d'esprit, triomphant ainsi de son père dont le front ne paraissait pas s'adoucir. Le vieillard ressentit cruellement cette tacite injure, et recueillit en ce moment un des fruits amers de l'éducation qu'il avait donnée à sa fille. Le respect est une barrière qui protège autant un père et une mère que les enfants, en évitant à ceux-là des chagrins, à ceux-ci des remords. Le lendemain Ginevra, qui voulut sortir à l'heure où elle avait coutume de se rendre à l'atelier, trouva la porte de l'hôtel fermée pour elle ; mais elle eut bientôt inventé un moyen d'instruire Luigi Porta des sévérités paternelles. Une femme de chambre qui ne savait pas lire fit parvenir au jeune officier la lettre que lui écrivit Ginevra. Pendant cinq jours les deux amants surent correspondre, grâce à ces ruses qu'on sait toujours machiner à vingt ans. Le père et la fille se parlèrent rarement. Tous deux gardant au fond du cœur un principe de haine, ils souffraient, mais orgueilleusement et en silence. En reconnaissant combien étaient forts les liens d'amour qui les attachaient l'un à l'autre, ils essayaient de les briser, sans pouvoir y parvenir. Nulle pensée douce ne venait plus comme autrefois égayer les traits sévères de Bartholoméo quand il contemplait sa Ginevra. La jeune fille avait quelque chose de farouche en regardant son père, et le reproche siégeait sur son front d'innocence ; elle se livrait bien à d'heureuses pensées, mais parfois des remords semblaient ternir ses yeux. Il n'était même pas difficile de deviner qu'elle ne pourrait jamais jouir tranquillement d'une félicité qui faisait le malheur de ses parents. Chez Bartholoméo comme chez sa fille, toutes les irrésolutions causées par la bonté native de leurs âmes devaient néanmoins échouer devant leur fierté, devant la rancune particulière aux Corses. Ils s'encourageaient l'un et l'autre dans leur colère et fermaient les yeux sur l'avenir. Peut-être aussi se flattaient-ils mutuellement que l'un céderait à l'autre.

Le jour de la naissance de Ginevra, sa mère, désespérée de cette désunion qui prenait un caractère grave, médita de réconcilier le père et la fille, grâce aux souvenirs de cet anniversaire. Ils étaient réunis tous trois dans la chambre de Bartholoméo. Ginevra devina l'intention de sa mère à l'hésitation peinte sur son visage et sourit tristement. En ce moment un domestique annonça deux notaires accompagnés de plusieurs témoins qui entrèrent. Bartholoméo regarda fixement ces hommes, dont les figures froidement compassées avaient quelque chose de blessant pour des âmes aussi passionnées que l'étaient celles des trois principaux acteurs de cette scène. Le vieillard se tourna vers sa fille d'un air inquiet, il vit sur son visage un sourire de triomphe qui lui fit soupçonner quelque catastrophe ; mais il affecta de garder, à la manière des sauvages, une immobilité mensongère en regardant les deux notaires avec une sorte de curiosité calme. Les étrangers s'assirent après y avoir été invités par un geste du vieillard.

« Monsieur est sans doute monsieur le baron de Piombo », demanda le plus âgé des notaires.

Bartholoméo s'inclina. Le notaire fit un léger mouvement de tête, regarda la jeune fille avec la sournoise expression d'un garde du commerce qui surprend un débiteur ; et il tira sa tabatière, l'ouvrit, y prit une pincée de tabac, se mit à la humer à petits coups en cherchant les premières phrases de son discours ; puis en les prononçant, il fit des repos continuels (manœuvre oratoire que ce signe — représentera très imparfaitement).

« Monsieur, dit-il, je suis M. Roguin, notaire de mademoiselle votre fille, et nous venons, — mon collègue et moi, — pour accomplir le vœu de la loi et — mettre un terme aux divisions qui — paraîtraient — s'être introduites — entre vous et mademoiselle votre fille, — au sujet — de — son — mariage avec M. Luigi Porta. »

Cette phrase, assez pédantesquement débitée, parut probablement trop belle à Me Roguin pour qu'on pût la comprendre d'un seul coup, il s'arrêta en regardant Bartholoméo avec une expression particulière aux gens d'affaires et qui tient le milieu entre la servilité et la familiarité. Habitués à feindre beaucoup d'intérêt pour les personnes auxquelles ils parlent, les notaires finissent par faire contracter à leur figure une grimace qu'ils revêtent et quittent comme leur *pallium*[1] officiel. Ce masque de bienveillance, dont le mécanisme est si facile à saisir, irrita tellement Bartholoméo qu'il lui fallut rappeler toute sa raison pour ne pas jeter M. Roguin par les fenêtres, une expression de colère se glissa dans ses rides, et en la voyant le notaire se dit en lui-même : « Je produis de l'effet ! »

« Mais, reprit-il d'une voix mielleuse, monsieur le baron, dans ces sortes d'occasions, notre ministère commence toujours par être essentiellement conciliateur. — Daignez donc avoir la bonté de m'entendre. — Il est évident que Mlle Ginevra Piombo atteint aujourd'hui même — l'âge auquel il suffit de faire des actes respectueux pour qu'il soit passé outre à la célébration d'un mariage — malgré le défaut de consentement des parents. Or, — il est d'usage dans les familles — qui jouissent d'une certaine considération, — qui appartiennent à la société, — qui conservent quelque dignité, — auxquelles il importe enfin de ne pas donner au public le secret de leurs divisions, — et qui d'ailleurs ne veulent pas se nuire à elles-mêmes en frappant de réprobation l'avenir de deux jeunes époux (car — c'est se nuire à soi-même !) — il est d'usage, — dis-je, — parmi ces familles honorables — de ne pas laisser subsister des actes semblables, — qui restent, qui — sont des monuments d'une division qui — finit — par cesser. — Du moment,

---

1. Manteau de cérémonie liturgique.

monsieur, où une jeune personne a recours aux actes respectueux, elle annonce une intention trop décidée pour qu'un père et — une mère, ajouta-t-il en se tournant vers la baronne, puissent espérer de lui voir suivre leurs avis. — La résistance paternelle étant alors nulle — par ce fait — d'abord, — puis étant infirmée par la loi, il est constant que tout homme sage, après avoir fait une dernière remontrance à son enfant, lui donne la liberté de... »

M. Roguin s'arrêta en s'apercevant qu'il pouvait parler deux heures ainsi sans obtenir de réponse, et il éprouva d'ailleurs une émotion particulière à l'aspect de l'homme qu'il essayait de convertir. Il s'était fait une révolution extraordinaire sur le visage de Bartholoméo : toutes ses rides contractées lui donnaient un air de cruauté indéfinissable, et il jetait sur le notaire un regard de tigre. La baronne demeurait muette et passive. Ginevra, calme et résolue, attendait, elle savait que la voix du notaire était plus puissante que la sienne, et alors elle semblait s'être décidée à garder le silence. Au moment où Roguin se tut, cette scène devint si effrayante que les témoins étrangers tremblèrent : jamais peut-être ils n'avaient été frappés par un semblable silence. Les notaires se regardèrent comme pour se consulter, se levèrent et allèrent ensemble à la croisée.

« As-tu jamais rencontré des clients fabriqués comme ceux-là, demanda Roguin à son confrère.

— Il n'y a rien à en tirer, répondit le plus jeune. À ta place, moi, je m'en tiendrais à la lecture de mon acte. Le vieux ne me paraît pas amusant, il est colère, et tu ne gagneras rien à vouloir *discuter* avec lui... »

M. Roguin lut un papier timbré contenant un procès-verbal rédigé à l'avance et demanda froidement à Bartholoméo quelle était sa réponse.

« Il y a donc en France des lois qui détruisent le pouvoir paternel ? demanda le Corse.

— Monsieur... dit Roguin de sa voix mielleuse.

— Qui arrachent une fille à son père ?

— Monsieur...

— Qui privent un vieillard de sa dernière consolation ?

— Monsieur, votre fille ne vous appartient que...

— Qui le tuent ?

— Monsieur, permettez ?... »

Rien n'est plus affreux que le sang-froid et les raisonnements exacts d'un notaire au milieu des scènes passionnées où ils ont coutume d'intervenir. Les figures que Piombo voyait lui semblèrent échappées de l'enfer, sa rage froide et concentrée ne connut plus de bornes au moment où la voix calme et presque flûtée de son petit antagoniste prononça ce fatal : « *Permettez ?* » Il sauta sur un long poignard suspendu par un clou au-dessus de sa cheminée et s'élança sur sa fille. Le plus jeune des deux notaires et l'un des témoins se jetèrent entre lui et Ginevra ; mais Bartholoméo renversa brutalement les deux conciliateurs en leur montrant une figure en feu et des yeux flamboyants qui paraissaient plus terribles que ne l'était la clarté du poignard. Quand Ginevra se vit en présence de son père, elle le regarda fixement d'un air de triomphe, s'avança lentement vers lui et s'agenouilla.

« Non ! non ! je ne saurais, dit-il en lançant si violemment son arme qu'elle alla s'enfoncer dans la boiserie.

— Eh bien, grâce ! grâce, dit-elle. Vous hésitez à me donner la mort, et vous me refusez la vie. Ô mon père, jamais je ne vous ai tant aimé, accordez-moi Luigi ? Je vous demande votre consentement à genoux : une fille peut s'humilier devant son père, mon Luigi ou je meurs. »

L'irritation violente qui la suffoquait l'empêcha de continuer, elle ne trouvait plus de voix ; ses efforts convulsifs disaient assez qu'elle était entre la vie et la mort. Bartholoméo repoussa durement sa fille.

« Fuis, dit-il. La Luigi Porta ne saurait être une Piombo. Je n'ai plus de fille ! Je n'ai pas la force de te maudire ; mais je t'abandonne, et tu n'as plus de père. Ma Ginevra Piombo est enterrée là, s'écria-t-il d'un son de voix profond en se pressant fortement le cœur. — Sors donc, malheureuse, ajouta-t-il après un moment de silence, sors, et ne reparais plus devant moi. » Puis il prit Ginevra par le bras, et la conduisit silencieusement hors de la maison.

« Luigi, s'écria Ginevra en entrant dans le modeste appartement où était l'officier, mon Luigi nous n'avons d'autre fortune que notre amour.

— Nous sommes plus riches que tous les rois de la terre, répondit-il.

— Mon père et ma mère m'ont abandonnée, dit-elle avec une profonde mélancolie.

— Je t'aimerai pour eux.

— Nous serons donc bien heureux ? s'écria-t-elle avec une gaieté qui eut quelque chose d'effrayant.

— Et toujours », répondit-il en la serrant sur son cœur.

Le lendemain du jour où Ginevra quitta la maison de son père, elle alla prier Mme Servin de lui accorder un asile et sa protection jusqu'à l'époque fixée par la loi pour son mariage avec Luigi Porta. Là, commença pour elle l'apprentissage des chagrins que le monde sème autour de ceux qui ne suivent pas ses usages. Très affligée du tort que l'aventure de Ginevra faisait à son mari, Mme Servin reçut froidement la fugitive, et lui apprit par des paroles poliment circonspectes qu'elle ne devait pas compter sur son appui. Trop fière pour insister, mais étonnée d'un égoïsme auquel elle n'était pas habituée, la jeune Corse alla se loger dans l'hôtel garni le plus voisin de la maison où demeurait Luigi. Le fils des Porta vint passer toutes ses journées aux pieds de sa future ; son jeune amour, la pureté de ses paroles dissipaient les nuages que la réprobation paternelle amassait sur le front de la fille bannie, et il lui peignait l'avenir si beau qu'elle finissait par sourire, sans néanmoins oublier la rigueur de ses parents.

Un matin, la servante de l'hôtel remit à Ginevra plusieurs malles qui contenaient des étoffes, du linge, et une foule de choses nécessaires à une jeune femme qui se met en ménage ; elle reconnut dans cet envoi la prévoyante bonté d'une mère, car en visitant ces présents, elle trouva une bourse où la baronne avait mis la somme qui appartenait à sa fille, en y joignant le fruit de ses économies. L'argent était accompagné d'une lettre où la mère conjurait la fille d'abandonner son funeste projet de mariage, s'il en était encore temps ; il lui avait fallu, disait-elle, des précautions inouïes pour faire parvenir ces faibles secours à Ginevra ; elle la suppliait de ne pas l'accuser de dureté, si par la suite elle la laissait dans l'abandon, elle craignait de ne pouvoir plus l'assister, elle la bénissait, lui souhaitait de trouver le bonheur dans ce fatal mariage, si elle persistait, en lui assurant qu'elle ne pensait qu'à sa fille chérie. En cet endroit, des larmes avaient effacé plusieurs mots de la lettre.

« Ô ma mère ! » s'écria Ginevra tout attendrie. Elle éprouvait le besoin de se jeter à ses genoux, de la voir, et de respirer l'air bienfaisant de la maison paternelle ; elle s'élançait déjà, quand Luigi entra ; elle le regarda, et sa tendresse filiale s'évanouit, ses larmes se séchèrent, elle ne se sentit pas la force d'abandonner cet enfant si malheureux et si aimant. Être le seul espoir d'une noble créature, l'aimer et l'abandonner ?... ce sacrifice est une trahison dont sont incapables de jeunes âmes. Ginevra eut la générosité d'ensevelir sa douleur au fond de son âme.

Enfin, le jour du mariage arriva. Ginevra ne vit personne autour d'elle. Luigi avait profité du moment où elle s'habillait pour aller chercher les témoins nécessaires à la signature de leur acte de mariage. Ces témoins étaient de braves gens. L'un, ancien maréchal des logis de hussards, avait contracté, à l'armée, envers Luigi, de ces obligations qui ne s'effacent jamais du cœur d'un honnête homme ; il s'était mis loueur de voitures et possédait quelques fiacres. L'autre, entrepreneur de maçonnerie, était le propriétaire de la maison où les nouveaux époux devaient demeurer. Chacun d'eux se fit accompagner par un ami, puis tous quatre vinrent avec Luigi prendre la mariée. Peu accoutumés aux grimaces sociales, et ne voyant rien que de très simple dans le service qu'ils rendaient à Luigi, ces gens s'étaient habillés proprement, mais sans luxe, et rien n'annonçait le joyeux cortège d'une noce. Ginevra, elle-même, se mit très simplement afin de se conformer à sa fortune ; néanmoins sa beauté avait quelque chose de si noble et de si imposant, qu'à son aspect la parole expira sur les lèvres des témoins qui se crurent obligés de lui adresser un compliment, ils la saluèrent avec respect, elle s'inclina ; ils la regardèrent en silence et ne surent plus que l'admirer. Cette réserve jeta du froid entre eux. La joie ne peut éclater que parmi des gens qui se sentent égaux. Le hasard voulut donc que tout fût sombre et grave autour des deux fiancés. Rien ne refléta leur félicité. L'église et la mairie n'étaient pas très éloignées de l'hôtel. Les deux Corses, suivis des quatre témoins que leur imposait la loi, voulurent y aller à pied, dans une simplicité qui dépouilla de tout appareil cette grande scène de la vie sociale. Ils trouvèrent dans la cour de la mairie une foule d'équipages qui annonçaient nombreuse compagnie, ils montèrent et arrivèrent à une grande salle où les mariés dont le bonheur était indiqué pour ce jour-là attendaient assez impatiemment le maire du quartier. Ginevra s'assit près de Luigi au bout d'un grand banc, et leurs témoins restèrent debout, faute de sièges. Deux mariées pompeusement habillées de blanc, chargées de rubans, de dentelles, de perles, et couronnées de bouquets de fleurs d'oranger dont les boutons satinés tremblaient sous leur voile, étaient entourées de leurs familles joyeuses, et accompagnées de leurs mères qu'elles regardaient d'un air à la fois satisfait et craintif ; tous les yeux réfléchissaient leur bonheur, et chaque figure semblait leur prodiguer des bénédictions. Les pères, les témoins, les frères, les sœurs allaient et venaient, comme un essaim se jouant dans un rayon de soleil qui va disparaître. Chacun semblait comprendre la valeur de ce moment fugitif où, dans la vie, le cœur se trouve entre deux espérances : les souhaits du passé, les promesses de l'avenir. À cet aspect, Ginevra sentit son cœur se gonfler, et pressa le bras de Luigi qui lui lança un regard. Une larme roula dans les yeux du jeune Corse, il ne comprit jamais mieux qu'alors tout ce que sa Ginevra lui sacrifiait. Cette larme précieuse fit oublier à la jeune fille l'abandon dans lequel elle se trouvait. L'amour versa des trésors de lumière entre les deux amants, qui ne virent plus qu'eux au milieu de ce tumulte : ils étaient là, seuls, dans cette foule, tels qu'ils devaient être dans la vie. Leurs témoins, indifférents à la cérémonie, causaient tranquillement de leurs affaires.

« L'avoine est bien chère, disait le maréchal des logis au maçon.

— Elle n'est pas encore si renchérie que le plâtre, proportion gardée », répondit l'entrepreneur.

Et ils firent un tour dans la salle.

« Comme on perd du temps ici », s'écria le maçon en remettant dans sa poche une grosse montre d'argent.

Luigi et Ginevra, serrés l'un contre l'autre, semblaient ne faire qu'une même personne. Certes, un poète aurait admiré ces deux têtes unies par un même sentiment, également colorées, mélancoliques et silencieuses en présence de deux noces bourdonnant, devant quatre familles tumultueuses, étincelant de diamants, de fleurs, et dont la gaieté avait quelque chose de passager. Tout ce que ces groupes bruyants et splendides mettaient de joie en dehors, Luigi et Ginevra l'ensevelissaient au fond de leurs cœurs. D'un côté, le grossier fracas du plaisir ; de l'autre, le délicat silence des âmes joyeuses : la terre et le ciel. Mais la tremblante Ginevra ne sut pas entièrement dépouiller les faiblesses de la femme. Superstitieuse comme une Italienne, elle voulut voir un présage dans ce contraste, et garda au fond de son cœur un sentiment d'effroi, invincible autant que son amour. Tout à coup, un garçon de bureau à la livrée de la Ville ouvrit une porte à deux battants, l'on fit silence, et sa voix retentit comme un glapissement en appelant M. Luigi da Porta et Mlle Ginevra di Piombo. Ce moment causa quelque embarras aux deux fiancés. La célébrité du nom de Piombo attira l'attention, les spectateurs cherchèrent une noce qui semblait devoir être somptueuse. Ginevra se leva, ses regards foudroyants d'orgueil imposèrent à toute la foule, elle donna le bras à Luigi, et marcha d'un pas ferme suivie de ses témoins. Un murmure d'étonnement qui alla croissant, un chuchotement général vint rappeler à Ginevra que le monde lui demandait compte de l'absence de ses parents : la malédiction paternelle semblait la poursuivre.

« Attendez les familles, dit le maire à l'employé qui lisait promptement les actes.

— Le père et la mère protestent, répondit flegmatiquement le secrétaire.

— Des deux côtés ? reprit le maire.

— L'époux est orphelin.

— Où sont les témoins ?

— Les voici, répondit encore le secrétaire en montrant les quatre hommes immobiles et muets qui, les bras croisés, ressemblaient à des statues.

— Mais, s'il y a protestation ? dit le maire.

— Les actes respectueux ont été légalement faits », répliqua l'employé en se levant pour transmettre au fonctionnaire les pièces annexées à l'acte de mariage.

Ce débat bureaucratique eut quelque chose de flétrissant et contenait en peu de mots toute une histoire. La haine des Porta et des Piombo, de terribles passions furent inscrites sur une page de l'état civil, comme sur la pierre d'un tombeau sont gravées en quelques lignes les annales d'un peuple, et souvent même en un mot : Robespierre ou Napoléon. Ginevra tremblait. Semblable à la colombe qui, traversant les mers, n'avait que l'arche pour poser ses pieds, elle ne pouvait réfugier son regard que dans les yeux de Luigi, car tout était triste et froid autour d'elle. Le maire avait un air improbateur et sévère, et son plus brave que le colonel Louis ! Si tout le monde s'était comporté comme lui, l'autre[1] y serait encore. »

La bénédiction du soldat, la seule qui, dans ce jour, leur eût été donnée, répandit comme un baume sur le cœur de Ginevra.

Ils se séparèrent en se serrant la main, et Luigi remercia cordialement son propriétaire.

« Adieu, mon brave, dit Luigi au maréchal, je te remercie.

— Tout à votre service, mon colonel. Âme, individu, chevaux et voitures, chez moi tout est à vous.

— Comme il t'aime ! » dit Ginevra.

Luigi entraîna vivement sa mariée à la maison qu'ils devaient habiter, ils atteignirent bientôt leur modeste appartement ; et, là, quand la porte fut refermée, Luigi prit sa femme dans ses bras en s'écriant : « Ô ma Ginevra ! car maintenant tu es à moi, ici est la véritable fête. Ici, reprit-il, tout nous sourira. »

Ils parcoururent ensemble les trois chambres qui composaient leur logement. La pièce d'entrée servait de salon et de salle à manger. À droite se trouvait une chambre à coucher, à gauche un grand cabinet que Luigi avait fait arranger pour sa chère femme et où elle trouva les chevalets, la boîte à couleurs, les plâtres, les modèles, les mannequins, les tableaux, les portefeuilles, enfin tout le mobilier de l'artiste.

« Je travaillerai donc là », dit-elle avec une expression enfantine. Elle regarda longtemps la tenture, les meubles, et toujours elle se retournait vers Luigi pour

---

1. Napoléon.

le remercier, car il y avait une sorte de magnificence dans ce petit réduit : une bibliothèque contenait les livres favoris de Ginevra, au fond était un piano. Elle s'assit sur un divan, attira Luigi près d'elle, et lui serrant la main : « Tu as bon goût, dit-elle d'une voix caressante.

— Tes paroles me font bien heureux, dit-il.

— Mais voyons donc tout », demanda Ginevra à qui Luigi avait fait un mystère des ornements de cette retraite.

Ils allèrent alors vers une chambre nuptiale, fraîche et blanche comme une vierge.

« Oh ! sortons, dit Luigi en riant.

— Mais je veux tout voir. » Et l'impérieuse Ginevra visita l'ameublement avec le soin curieux d'un antiquaire examinant une médaille, elle toucha les soieries et passa tout en revue avec le contentement naïf d'une jeune mariée qui déploie les richesses de sa corbeille. « Nous commençons par nous ruiner, dit-elle d'un air moitié joyeux, moitié chagrin.

— C'est vrai ! tout l'arriéré de ma solde est là, répondit Luigi. Je l'ai vendu à un brave homme nommé Gigonnet.

— Pourquoi ? reprit-elle d'un ton de reproche où perçait une satisfaction secrète. Crois-tu que je serais moins heureuse sous un toit ? Mais, reprit-elle, tout cela est bien joli, et c'est à nous. » Luigi la contemplait avec tant d'enthousiasme qu'elle baissa les yeux et lui dit : « Allons voir le reste. »

Au-dessus de ces trois chambres, sous les toits, il y avait un cabinet pour Luigi, une cuisine et une chambre de domestique. Ginevra fut satisfaite de son petit domaine, quoique la vue s'y trouvât bornée par le large mur d'une maison voisine, et que la cour d'où venait le jour fût sombre. Mais les deux amants avaient le cœur si joyeux, mais l'espérance leur embellissait si bien l'avenir, qu'ils ne voulurent apercevoir que de charmantes images dans leur mystérieux asile. Ils étaient au fond de cette vaste maison et perdus dans l'immensité de Paris, comme deux perles dans leur nacre, au sein des profondes mers : pour tout autre c'eût été une prison, pour eux ce fut un paradis. Les premiers jours de leur union appartinrent à l'amour. Il leur fut trop difficile de se vouer tout à coup au travail, et ils ne surent pas résister au charme de leur propre passion. Luigi restait des heures entières couché aux pieds de sa femme, admirant la couleur de ses cheveux, la coupe de son front, le ravissant encadrement de ses yeux, la pureté, la blancheur des deux arcs sous lesquels ils glissaient lentement en exprimant le bonheur d'un amour satisfait. Ginevra caressait la chevelure de son Luigi sans se lasser de contempler, suivant une de ses expressions, la *bellà folgorante* de ce jeune homme, la finesse de ses traits ; toujours séduite par la noblesse de ses manières, comme elle le séduisait toujours par la grâce des siennes. Ils jouaient comme des enfants avec des riens, ces riens les ramenaient toujours à leur passion, et ils ne cessaient leurs jeux que pour tomber dans la rêverie du *far niente*. Un air chanté par Ginevra leur reproduisait encore les nuances délicieuses de leur amour. Puis, unissant leurs pas comme ils avaient uni leurs âmes, ils parcouraient les campagnes en y retrouvant leur amour partout, dans les fleurs, sur les cieux, au sein des teintes ardentes du soleil couchant ; ils le lisaient jusque sur les nuées capricieuses qui se combattaient dans les airs. Une journée ne ressemblait jamais à la précédente, leur amour allait croissant parce qu'il était vrai. Ils s'étaient éprouvés en peu de jours, et avaient instinctivement reconnu que leurs âmes étaient de celles dont les richesses inépuisables semblent toujours promettre de nouvelles jouissances pour l'avenir. C'était l'amour dans toute sa naïveté, avec ses interminables causeries, ses phrases inachevées, ses longs silences, son repos oriental et sa fougue. Luigi et Ginevra avaient tout compris de l'amour. L'amour n'est-il pas comme la mer qui, vue superficiellement ou à la hâte, est accusée de monotonie par les âmes vulgaires, tandis que certains êtres privilégiés peuvent passer leur vie à l'admirer en y trouvant sans cesse de changeants phénomènes qui les ravissent ?

Cependant, un jour, la prévoyance vint tirer les jeunes époux de leur Éden, il était devenu nécessaire de travailler pour vivre. Ginevra, qui possédait un talent particulier pour imiter les vieux tableaux, se mit à faire des copies et se forma une clientèle parmi les brocanteurs. De son côté, Luigi chercha très activement de l'occupation ; mais il était fort difficile à un jeune officier, dont tous les talents se bornaient à bien connaître la stratégie, de trouver de l'emploi à Paris. Enfin, un jour que, lassé de ses vains efforts, il avait le désespoir dans l'âme en voyant que le fardeau de leur existence tombait tout entier sur Ginevra, il songea à tirer parti de son écriture, qui était fort belle. Avec une constance dont l'exemple lui était donné par sa femme, il alla solliciter les avoués, les notaires, les avocats de Paris. La franchise de ses manières, sa situation intéressèrent vivement en sa faveur, et il obtint assez d'expéditions pour être obligé de se faire aider par des jeunes gens. Insensiblement il entreprit les écritures en grand. Le produit de ce bureau, le prix des tableaux de Ginevra finirent par mettre le jeune ménage dans une aisance qui le rendit fier, car elle provenait de son industrie. Ce fut pour eux le plus beau moment de leur vie. Les journées s'écoulaient rapidement entre les occupations et les joies de l'amour. Le soir, après avoir bien travaillé, ils se retrouvaient avec bonheur dans la cellule de Ginevra. La musique les consolait de leurs fatigues. Jamais une expression de mélancolie ne vint obscurcir les traits de la jeune femme, et jamais elle ne se permit une plainte. Elle savait toujours apparaître à son Luigi le sourire sur les lèvres et les yeux rayonnants. Tous deux caressaient une pensée dominante qui leur eût fait trouver du plaisir aux travaux les plus rudes : Ginevra se disait qu'elle travaillait pour Luigi, et Luigi pour Ginevra. Parfois, en l'absence de son mari, la jeune femme songeait au bonheur parfait qu'elle aurait eu si cette vie d'amour s'était écoulée en présence de son père et de sa mère, elle tombait alors dans une mélancolie profonde en éprouvant la puissance des remords ; de sombres tableaux passaient comme des ombres dans son imagination : elle voyait son vieux père seul ou sa mère pleurant le soir et dérobant ses larmes à l'inflexible Piombo ; ces deux têtes blanches et graves se dressaient soudain devant elle, il lui semblait qu'elle ne devait plus les contempler qu'à la lueur fantastique du souvenir. Cette idée la poursuivait comme un pressentiment. Elle célébra l'anniversaire de son mariage en donnant à son mari un portrait qu'il avait souvent désiré, celui de sa Ginevra. Jamais la jeune artiste n'avait rien composé de si remarquable. À part une ressemblance parfaite, l'éclat de sa beauté, la pureté de ses sentiments, le bonheur de l'amour y étaient rendus avec une sorte de magie. Le chef-d'œuvre fut inauguré. Ils passèrent encore une autre année au sein de l'aisance. L'histoire de leur vie peut se faire alors en trois mots : *Ils étaient heureux*. Il ne leur arriva donc aucun événement qui mérite d'être rapporté.

Au commencement de l'hiver de l'année 1819, les marchands de tableaux conseillèrent à Ginevra de leur donner autre chose que des copies, car ils ne pouvaient plus les vendre avantageusement par suite de la concurrence. Mme Porta reconnut le tort qu'elle avait eu de ne pas s'exercer à peindre des tableaux de genre qui lui auraient acquis un nom, elle entreprit de faire des portraits ; mais elle eut à lutter contre une foule d'artistes encore moins riches qu'elle ne l'était. Cependant, comme Luigi et Ginevra avaient amassé quelque argent, ils ne désespérèrent pas de l'avenir. À la fin de l'hiver de cette même année, Luigi travailla sans relâche. Lui aussi luttait contre des concurrents : le prix des écritures avait tellement baissé, qu'il ne pouvait plus employer personne, et se trouvait dans la nécessité de consacrer plus de temps qu'autrefois à son labeur pour en retirer la même somme. Sa femme avait fini plusieurs tableaux qui n'étaient pas sans mérite ; mais les marchands achetaient à peine ceux des artistes en réputation, Ginevra les offrit à vil prix sans pouvoir les vendre. La situation de ce ménage eut quelque chose d'épouvantable : les âmes des deux époux nageaient dans le bonheur, l'amour les accablait de ses trésors, la Pauvreté se levait comme un squelette au milieu de cette moisson de plaisir, et ils se cachaient l'un à l'autre leurs inquiétudes. Au moment où Ginevra se sentait près de pleurer en voyant son Luigi souffrant, elle le comblait de caresses. De même Luigi gardait un noir chagrin au fond de son cœur en exprimant à Ginevra le plus tendre amour. Ils cherchaient une compensation à leurs maux dans l'exaltation de leurs sentiments, et leurs paroles, leurs joies, leurs jeux s'empreignaient d'une espèce de frénésie. Ils avaient peur de l'avenir. Quel est le sentiment dont la force puisse se comparer à celle d'une passion qui doit cesser le lendemain, tuée par la mort ou par la nécessité ? Quand ils se parlaient de leur indigence, ils éprouvaient le besoin de se tromper l'un et l'autre, et saisissaient avec une égale ardeur le plus léger espoir. Une nuit, Ginevra chercha vainement Luigi auprès d'elle, et se leva tout effrayée. Une faible lueur reflétée par le mur noir de la petite cour lui fit deviner que son mari travaillait pendant la nuit. Luigi attendait que sa femme fût endormie avant de monter à son cabinet. Quatre heures sonnèrent, Ginevra se recoucha, feignit de dormir, Luigi revint accablé de fatigue et de sommeil, et Ginevra regarda douloureusement cette belle figure sur laquelle les travaux et les soucis imprimaient déjà quelques rides.

« C'est pour moi qu'il passe les nuits à écrire », dit-elle en pleurant.

Une pensée sécha ses larmes. Elle songeait à imiter Luigi. Le jour même, elle alla chez un riche marchand d'estampes, et à l'aide d'une lettre de recommandation qu'elle se fit donner pour le négociant par Élie Magus, un de ses marchands de tableaux, elle obtint une entreprise de coloriages. Le jour, elle peignait et s'occupait des soins du ménage ; puis quand la nuit arrivait, elle coloriait des gravures. Ces deux êtres épris d'amour n'entrèrent alors au lit nuptial que pour en sortir. Tous deux, ils feignaient de dormir, et par dévouement se quittaient aussitôt que l'un avait trompé l'autre. Une nuit, Luigi, succombant à l'espèce de fièvre causée par un travail sous le poids duquel il commençait à plier, ouvrit la lucarne de son cabinet pour respirer l'air pur du matin et secouer ses douleurs ; quand en abaissant ses regards il aperçut la lueur projetée sur le mur par la lampe de Ginevra, le malheureux devina tout, il descendit, marcha doucement et surprit sa femme au milieu de son atelier enluminant des gravures.

« Oh ! Ginevra ! » s'écria-t-il.

Elle fit un saut convulsif sur sa chaise et rougit.

« Pouvais-je dormir tandis que tu t'épuisais de fatigue ? dit-elle.

— Mais c'est à moi seul qu'appartient le droit de travailler ainsi.

— Puis-je rester oisive, répondit la jeune femme dont les yeux se mouillèrent de larmes, quand je sais que chaque morceau de pain nous coûte presque une goutte de ton sang ? Je mourrais si je ne joignais pas mes efforts aux tiens. Tout ne doit-il pas être commun entre nous, plaisirs et peines ?

— Elle a froid, s'écria Luigi avec désespoir. Ferme donc mieux ton châle sur ta poitrine, ma Ginevra, la nuit est humide et fraîche. »

Ils vinrent devant la fenêtre, la jeune femme appuya sa tête sur le sein de son bien-aimé qui la tenait par la taille, et tous deux, ensevelis dans un silence profond, regardèrent le ciel que l'aube éclairait lentement. Des nuages d'une teinte grise se succédèrent rapidement, et l'orient devint de plus en plus lumineux.

« Vois-tu, dit Ginevra, c'est un présage : nous serons heureux.

— Oui, au ciel, répondit Luigi avec un sourire amer. Ô Ginevra ! toi qui méritais tous les trésors de la terre...

— J'ai ton cœur, dit-elle avec un accent de joie.

— Ah ! je ne me plains pas », reprit-il en la serrant fortement contre lui. Et il couvrit de baisers ce visage délicat qui commençait à perdre la fraîcheur de la jeunesse, mais dont l'expression était si tendre et si douce, qu'il ne pouvait jamais le voir sans être consolé.

« Quel silence ! dit Ginevra. Mon ami, je trouve

un grand plaisir à veiller. La majesté de la nuit est vraiment contagieuse, elle impose, elle inspire ; il y a je ne sais quelle puissance dans cette idée : tout dort et je veille.

— Ô ! ma Ginevra, ce n'est pas d'aujourd'hui que je sens combien ton âme est délicatement gracieuse ! Mais voici l'aurore, viens dormir.

— Oui, répondit-elle, si je ne dors pas seule. J'ai bien souffert la nuit où je me suis aperçue que mon Luigi veillait sans moi ! »

Le courage avec lequel ces deux jeunes gens combattaient le malheur reçut pendant quelque temps sa récompense ; mais l'événement qui met presque toujours le comble à la félicité des ménages devait leur être funeste : Ginevra eut un fils qui, pour se servir d'une expression populaire, fut *beau comme le jour*. Le sentiment de la maternité doubla les forces de la jeune femme. Luigi emprunta pour subvenir aux dépenses des couches de Ginevra. Dans les premiers moments, elle ne sentit donc pas tout le malaise de sa situation, et les deux époux se livrèrent au bonheur d'élever un enfant. Ce fut leur dernière félicité. Comme deux nageurs qui unissent leurs efforts pour rompre un courant, les deux Corses luttèrent d'abord courageusement ; mais parfois ils s'abandonnaient à une apathie semblable à ces sommeils qui précèdent la mort, et bientôt ils se virent obligés de vendre leurs bijoux. La Pauvreté se montra tout à coup, non pas hideuse, mais vêtue simplement, et presque douce à supporter ; sa voix n'avait rien d'effrayant, elle ne traînait après elle ni désespoir, ni spectres, ni haillons ; mais elle faisait perdre le souvenir et les habitudes de l'aisance, elle usait les ressorts de l'orgueil. Puis, vint la Misère dans toute son horreur, insouciante de ses guenilles et foulant aux pieds tous les sentiments humains. Sept ou huit mois après la naissance du petit Bartholoméo, l'on aurait eu de la peine à reconnaître dans la mère qui allaitait cet enfant malingre l'original de l'admirable portrait, le seul ornement d'une chambre nue. Sans feu par un rude hiver, Ginevra vit les gracieux contours de sa figure se détruire lentement, ses joues devinrent blanches comme de la porcelaine et ses yeux pâles comme si les sources de la vie tarissaient en elle. En voyant son enfant amaigri, décoloré, elle ne souffrait que de cette jeune misère, et Luigi n'avait plus le courage de sourire à son fils.

« J'ai couru tout Paris, disait-il d'une voix sourde, je n'y connais personne, et comment oser demander à des indifférents ? Vergniaud, le nourrisseur, mon vieil Égyptien, est impliqué dans une conspiration, il a été mis en prison, et d'ailleurs, il m'a prêté tout ce dont il pouvait disposer. Quant à notre propriétaire, il ne nous a rien demandé depuis un an.

— Mais nous n'avons besoin de rien, répondit doucement Ginevra en affectant un air calme.

— Chaque jour qui arrive amène une difficulté de plus », reprit Luigi avec terreur.

Luigi prit tous les tableaux de Ginevra, le portrait, plusieurs meubles desquels le ménage pouvait encore se passer, il vendit tout à vil prix, et la somme qu'il en obtint prolongea l'agonie du ménage pendant quelques moments. Dans ces jours de malheur, Ginevra montra la sublimité de son caractère et l'étendue de sa résignation, elle supporta stoïquement les atteintes de la douleur ; son âme énergique la soutenait contre tous les maux ; elle travaillait d'une main défaillante auprès de son fils mourant, expédiait les soins du ménage avec une activité miraculeuse, et suffisait à tout. Elle était même heureuse encore quand elle voyait sur les lèvres de Luigi un sourire d'étonnement à l'aspect de la propreté qu'elle faisait régner dans l'unique chambre où ils s'étaient réfugiés.

« Mon ami, je t'ai gardé ce morceau de pain, lui dit-elle un soir qu'il rentrait fatigué.

— Et toi ?

— Moi, j'ai dîné, cher Luigi, je n'ai besoin de rien. »

Et la douce expression de son visage le pressait encore plus que sa parole d'accepter une nourriture de laquelle elle se privait. Luigi l'embrassa par un de ces baisers de désespoir qui se donnaient en 1793 entre amis à l'heure où ils montaient ensemble à l'échafaud. En ces moments suprêmes, deux êtres se voient cœur à cœur. Aussi, le malheureux Luigi, comprenant tout à coup que sa femme était à jeun, partagea-t-il la fièvre qui la dévorait, il frissonna, sortit en prétextant une affaire pressante, car il aurait mieux aimé prendre le poison le plus subtil, plutôt que d'éviter la mort en mangeant le dernier morceau de pain qui se trouvait chez lui. Il se mit à errer dans Paris au milieu des voitures les plus brillantes, au sein de ce luxe insultant qui éclate partout ; il passa promptement devant les boutiques des changeurs où l'or étincelle ; enfin, il résolut de se vendre, de s'offrir comme remplaçant pour le service militaire en espérant que ce sacrifice sauverait Ginevra, et que, pendant son absence, elle pourrait rentrer en grâce auprès de Bartholoméo. Il alla donc trouver un de ces hommes qui font la traite des Blancs, et il éprouva une sorte de bonheur à reconnaître en lui un ancien officier de la Garde impériale.

« Il y a deux jours que je n'ai mangé, lui dit-il d'une voix lente et faible, ma femme meurt de faim, et ne m'adresse pas une plainte, elle expirerait en souriant, je crois. De grâce, mon camarade, ajouta-t-il avec un sourire amer, achète-moi d'avance, je suis robuste, je ne suis plus au service, et je... »

L'officier donna une somme à Luigi en acompte sur celle qu'il s'engageait à lui procurer. L'infortuné poussa un rire convulsif quand il tint une poignée de pièces d'or, il courut de toute sa force vers sa maison, haletant, et criant parfois : « Ô ma Ginevra ! Ginevra ! » Il commençait à faire nuit quand il arriva chez lui. Il entra tout doucement, craignant de donner une trop forte émotion à sa femme, qu'il avait laissée faible. Les derniers rayons du soleil pénétrant par la lucarne venaient mourir sur le visage de Ginevra qui dormait assise sur une chaise en tenant son enfant sur son sein.

« Réveille-toi, mon âme », dit-il sans s'apercevoir de la pose de son enfant qui dans ce moment conservait un éclat surnaturel.

En entendant cette voix, la pauvre mère ouvrit les

yeux, rencontra le regard de Luigi, et sourit ; mais Luigi jeta un cri d'épouvante : à peine reconnut-il sa femme quasi folle à qui par un geste d'une sauvage énergie il montra l'or. Ginevra se mit à rire machinalement, et tout à coup elle s'écria d'une voix affreuse : « Louis ! l'enfant est froid. » Elle regarda son fils et s'évanouit : le petit Barthélemy était mort. Luigi prit sa femme dans ses bras sans lui ôter l'enfant qu'elle serrait avec une force incompréhensible ; et après l'avoir posée sur le lit, il sortit pour appeler au secours.

« Ô mon Dieu ! dit-il à son propriétaire qu'il rencontra sur l'escalier, j'ai de l'or, et mon enfant est mort de faim, sa mère se meurt, aidez-nous ! »

Il revint comme un désespéré vers sa femme, et laissa l'honnête maçon occupé, ainsi que plusieurs voisins, de rassembler tout ce qui pouvait soulager une misère inconnue jusqu'alors, tant les deux Corses l'avaient soigneusement cachée par un sentiment d'orgueil. Luigi avait jeté son or sur le plancher, et s'était agenouillé au chevet du lit où gisait sa femme.

« Mon père ! prenez soin de mon fils qui porte votre nom, s'écriait Ginevra dans son délire.

— Ô mon ange ! calme-toi, lui disait Luigi en l'embrassant, de beaux jours nous attendent. »

Cette voix et cette caresse lui rendirent quelque tranquillité.

« Ô mon Louis ! reprit-elle en le regardant avec une attention extraordinaire, écoute-moi bien. Je sens que je meurs. Ma mort est naturelle, je souffrais trop, et puis un bonheur aussi grand que le mien devait se payer. Oui, mon Luigi, console-toi. J'ai été si heureuse, que si je recommençais à vivre, j'accepterais encore notre destinée. Je suis une mauvaise mère : je te regrette encore plus que je ne regrette mon enfant. — Mon enfant », ajouta-t-elle d'un son de voix profond. Deux larmes se détachèrent de ses yeux mourants, et soudain elle pressa le cadavre qu'elle n'avait pu réchauffer. « Donne ma chevelure à mon père, en souvenir de sa Ginevra, reprit-elle. Dis-lui bien que je ne l'ai jamais accusé... » Sa tête tomba sur le bras de son époux.

« Non, tu ne peux pas mourir, s'écria Luigi, le médecin va venir. Nous avons du pain. Ton père va te recevoir en grâce. La prospérité s'est levée pour nous. Reste avec nous, ange de beauté ! »

Mais ce cœur fidèle et plein d'amour devenait froid, Ginevra tournait instinctivement les yeux vers celui qu'elle adorait, quoiqu'elle ne fût plus sensible à rien : des images confuses s'offraient à son esprit, près de perdre tout souvenir de la terre. Elle savait que Luigi était là, car elle serrait toujours plus fortement sa main glacée, et semblait vouloir se retenir au-dessus d'un précipice où elle croyait tomber.

« Mon ami, dit-elle enfin, tu as froid, je vais te réchauffer. »

Elle voulut mettre la main de son mari sur son cœur, mais elle expira. Deux médecins, un prêtre, des voisins entrèrent en ce moment en apportant tout ce qui était nécessaire pour sauver les deux époux et calmer leur désespoir. Ces étrangers firent beaucoup de bruit d'abord ; mais quand ils furent entrés, un affreux silence régna dans cette chambre.

Pendant que cette scène avait lieu, Bartholoméo et sa femme étaient assis dans leurs fauteuils antiques, chacun à un coin de la vaste cheminée dont l'ardent brasier réchauffait à peine l'immense salon de leur hôtel. La pendule marquait minuit. Depuis longtemps le vieux couple avait perdu le sommeil. En ce moment, ils étaient silencieux comme deux vieillards tombés en enfance et qui regardent tout sans rien voir. Leur salon désert, mais plein de souvenirs pour eux, était faiblement éclairé par une seule lampe près de mourir. Sans les flammes pétillantes du foyer, ils eussent été dans une obscurité complète. Un de leurs amis venait de les quitter, et la chaise sur laquelle il s'était assis pendant sa visite se trouvait entre les deux Corses. Piombo avait déjà jeté plus d'un regard sur cette chaise, et ces regards pleins d'idées se succédaient comme des remords, car la chaise vide était celle de Ginevra. Élisa Piombo épiait les expressions qui passaient sur la blanche figure de son mari. Quoiqu'elle fût habituée à deviner les sentiments du Corse, d'après les changeantes révolutions de ses traits, ils étaient tour à tour si menaçants et si mélancoliques, qu'elle ne pouvait plus lire dans cette âme incompréhensible.

Bartholoméo succombait-il sous les puissants souvenirs que réveillait cette chaise ? était-il choqué de voir qu'elle venait de servir pour la première fois à un étranger depuis le départ de sa fille ? l'heure de sa clémence, cette heure si vainement attendue jusqu'alors, avait-elle sonné ?

Ces réflexions agitèrent successivement le cœur d'Élisa Piombo. Pendant un instant la physionomie de son mari devint si terrible, qu'elle trembla d'avoir osé employer une ruse si simple pour faire naître l'occasion de parler de Ginevra. En ce moment, la bise chassa si violemment les flocons de neige sur les persiennes, que les deux vieillards purent en entendre le léger bruissement. La mère de Ginevra baissa la tête pour dérober ses larmes à son mari. Tout à coup un soupir sortit de la poitrine du vieillard, sa femme le regarda, il était abattu ; elle hasarda pour la seconde fois, depuis trois ans, à lui parler de sa fille.

« Si Ginevra avait froid », s'écria-t-elle doucement. Piombo tressaillit. « Elle a peut-être faim », dit-elle en continuant. Le Corse laissa échapper une larme. « Elle a un enfant, et ne peut pas le nourrir, son lait s'est tari, reprit vivement la mère avec l'accent du désespoir.

— Qu'elle vienne ! qu'elle vienne, s'écria Piombo. Ô mon enfant chéri ! tu m'as vaincu. »

La mère se leva comme pour aller chercher sa fille. En ce moment, la porte s'ouvrit avec fracas, et un homme dont le visage n'avait plus rien d'humain surgit tout à coup devant eux.

« *Morte !* Nos deux familles devaient s'exterminer l'une par l'autre, car voilà tout ce qui reste d'elle », dit-il en posant sur une table la longue chevelure noire de Ginevra.

Les deux vieillards frissonnèrent comme s'ils eussent reçu une commotion de la foudre, et ne virent plus Luigi.

« Il nous épargne un coup de feu, car il est mort », s'écria lentement Bartholoméo en regardant à terre.

Paris, janvier 1830.

Nantas

*

Zola

I

La chambre que Nantas habitait depuis son arrivée de Marseille se trouvait au dernier étage d'une maison de la rue de Lille, à côté de l'hôtel du baron Danvilliers, membre du Conseil d'État. Cette maison appartenait au baron, qui l'avait fait construire sur d'anciens communs. Nantas, en se penchant, pouvait apercevoir un coin du jardin de l'hôtel, où des arbres superbes jetaient leur ombre. Au-delà, par-dessus les cimes vertes, une échappée s'ouvrait sur Paris, on voyait la trouée de la Seine, les Tuileries, le Louvre, l'enfilade des quais, toute une mer de toitures, jusqu'aux lointains perdus du Père-Lachaise.

C'était une étroite chambre mansardée, avec une fenêtre taillée dans les ardoises. Nantas l'avait simplement meublée d'un lit, d'une table et d'une chaise. Il était descendu là, cherchant le bon marché, décidé à camper tant qu'il n'aurait pas trouvé une situation quelconque. Le papier sali, le plafond noir, la misère et la nudité de ce cabinet où il n'y avait pas de cheminée, ne le blessaient point. Depuis qu'il s'endormait en face du Louvre et des Tuileries, il se comparait à un général qui couche dans quelque misérable auberge, au bord d'une route, devant la ville riche et immense, qu'il doit prendre d'assaut le lendemain.

L'histoire de Nantas était courte. Fils d'un maçon de Marseille, il avait commencé ses études au lycée de cette ville, poussé par l'ambitieuse tendresse de sa mère, qui rêvait de faire de lui un monsieur. Les parents s'étaient saignés pour le mener jusqu'au baccalauréat. Puis, la mère étant morte, Nantas dut accepter un petit emploi chez un négociant, où il traîna pendant douze années une vie dont la monotonie l'exaspérait. Il se serait enfui vingt fois, si son devoir de fils ne l'avait cloué à Marseille, près de son père tombé d'un échafaudage et devenu impotent. Maintenant, il devait suffire à tous les besoins. Mais un soir, en rentrant, il trouva le maçon mort, sa pipe encore chaude à côté de lui. Trois jours plus tard, il vendait les quatre nippes du ménage, et partait pour Paris, avec deux cents francs dans sa poche.

Il y avait, chez Nantas, une ambition entêtée de fortune, qu'il tenait de sa mère. C'était un garçon de décision prompte, de volonté froide. Tout jeune, il disait être une force. On avait souvent ri de lui, lorsqu'il s'oubliait à faire des confidences et à répéter sa phrase favorite : « Je suis une force », phrase qui devenait comique, quand on le voyait avec sa mince redingote noire, craquée aux épaules, et dont les manches lui remontaient au-dessus des poignets. Peu à peu, il s'était ainsi fait une religion de la force, ne voyant qu'elle dans le monde, convaincu que les forts sont quand même les victorieux. Selon lui, il suffisait de vouloir et de pouvoir. Le reste n'avait pas d'importance.

Le dimanche, lorsqu'il se promenait seul dans la banlieue brûlée de Marseille, il se sentait du génie ; au fond de son être, il y avait comme une impulsion instinctive qui le jetait en avant ; et il rentrait manger quelque platée de pommes de terre avec son père infirme, en se disant qu'un jour il saurait bien se tailler sa part, dans cette société où il n'était rien encore à trente ans. Ce n'était point une envie basse, un appétit des jouissances vulgaires ; c'était le sentiment très net d'une intelligence et d'une volonté qui, n'étant pas à leur place, entendaient monter tranquillement à cette place, par un besoin naturel de logique.

Dès qu'il toucha le pavé de Paris, Nantas crut qu'il lui suffirait d'allonger les mains, pour trouver une situation digne de lui. Le jour même, il se mit en campagne. On lui avait donné des lettres de recommandation, qu'il porta à leur adresse ; en outre, il frappa chez quelques compatriotes, espérant leur appui. Mais, au bout d'un mois, il n'avait obtenu aucun résultat : le moment était mauvais, disait-on ; ailleurs, on lui faisait des promesses qu'on ne tenait point. Cependant, sa petite bourse se vidait, il lui restait une vingtaine de francs, au plus. Et ce fut avec ces vingt francs qu'il dut vivre tout un mois encore, ne mangeant que du pain, battant Paris du matin au soir, et revenant se coucher sans lumière, brisé de fatigue, toujours les mains vides. Il ne se décourageait pas ; seulement, une sourde colère montait en lui. La destinée lui semblait illogique et injuste.

Un soir, Nantas rentra sans avoir mangé. La veille, il avait fini son dernier morceau de pain. Plus d'argent et pas un ami pour lui prêter vingt sous. La pluie était tombée toute la journée, une de ces pluies grises de Paris qui sont si froides. Un fleuve de boue coulait dans les rues. Nantas, trempé jusqu'aux os, était allé à Bercy, puis à Montmartre, où on lui avait indiqué des emplois ; mais, à Bercy, la place était prise, et l'on n'avait pas trouvé son écriture assez belle, à Montmartre. C'étaient ses deux dernières espérances. Il aurait accepté n'importe quoi, avec la certitude qu'il taillerait sa fortune dans la première situation venue. Il ne demandait d'abord que du pain, de quoi vivre à Paris, un terrain quelconque pour bâtir ensuite pierre à pierre. De Montmartre à la rue de Lille, il marcha lentement, le cœur noyé d'amertume. La pluie avait cessé, une foule affairée le bousculait sur les trottoirs. Il s'arrêta plusieurs minutes devant la boutique d'un changeur : cinq francs lui auraient peut-être suffi pour être un jour le maître de tout ce monde ; avec cinq francs on peut vivre huit jours, et en huit jours on fait bien des choses. Comme il rêvait ainsi, une voiture l'éclaboussa, il dut s'essuyer le front, qu'un jet de boue avait souffleté. Alors, il marcha plus vite, serrant les dents, pris d'une envie féroce de tomber à coups de poing sur la foule qui barrait les rues : cela l'aurait vengé de la bêtise du destin. Un omnibus faillit l'écraser, rue Richelieu. Au milieu de la place du Carrousel, il jeta aux Tuileries un regard jaloux.

Sur le pont des Saints-Pères, une petite fille bien mise l'obligea à s'écarter de son droit chemin, qu'il suivait avec la raideur d'un sanglier traqué par une meute ; et ce détour lui parut une suprême humiliation : jusqu'aux enfants qui l'empêchaient de passer ! Enfin, quand il se fut réfugié dans sa chambre, ainsi qu'une bête blessée revient mourir au gîte, il s'assit lourdement sur sa chaise, assommé, examinant son pantalon que la crotte avait raidi, et ses souliers éculés qui laissaient couler une mare sur le carreau.

Cette fois, c'était bien la fin. Nantas se demandait comment il se tuerait. Son orgueil restait debout, il jugeait que son suicide allait punir Paris. Être une force, sentir en soi une puissance, et ne pas trouver une personne qui vous devine, qui vous donne le premier écu dont vous avez besoin ! Cela lui semblait d'une sottise monstrueuse, son être entier se soulevait de colère. Puis, c'était en lui un immense regret, lorsque ses regards tombaient sur ses bras inutiles. Aucune besogne pourtant ne lui faisait peur ; du bout de son petit doigt, il aurait soulevé un monde ; et il demeurait là, rejeté dans son coin, réduit à l'impuissance, se dévorant comme un lion en cage. Mais, bientôt, il se calmait, il trouvait la mort plus grande. On lui avait conté, quand il était petit, l'histoire d'un inventeur qui, ayant construit une merveilleuse machine, la cassa un jour à coups de marteau, devant l'indifférence de la foule. Eh bien ! il était cet homme, il apportait en lui une force nouvelle, un mécanisme rare d'intelligence et de volonté, et il allait détruire cette machine, en se brisant le crâne sur le pavé de la rue.

Le soleil se couchait derrière les grands arbres de l'hôtel Danvilliers, un soleil d'automne dont les rayons d'or allumaient les feuilles jaunies. Nantas se leva comme attiré par cet adieu de l'astre. Il allait mourir, il avait besoin de lumière. Un instant, il se pencha. Souvent, entre les masses des feuillages, au détour d'une allée, il avait aperçu une jeune fille blonde, très grande, marchant avec un orgueil princier. Il n'était point romanesque, il avait passé l'âge où les jeunes hommes rêvent, dans les mansardes, que des demoiselles du monde viennent leur apporter de grandes passions et de grandes fortunes. Pourtant, il arriva, à cette heure suprême du suicide, qu'il se rappela tout d'un coup cette belle fille blonde, si hautaine. Comment pouvait-elle se nommer ? Mais, au même instant, il serra les poings, car il ne sentait que de la haine pour les gens de cet hôtel dont les fenêtres entrouvertes lui laissaient apercevoir des coins de luxe sévère, et il murmura dans un élan de rage :

« Oh ! je me vendrais, je me vendrais, si l'on me donnait les premiers cent sous de ma fortune future ! »

Cette idée de se vendre l'occupa un moment. S'il y avait eu quelque part un Mont-de-Piété où l'on prêtât sur la volonté et l'énergie, il serait allé s'y engager. Il imaginait des marchés, un homme politique venait l'acheter pour faire de lui un instrument, un banquier le prenait pour user à toute heure de son intelligence ; et il acceptait, ayant le dédain de l'honneur, se disant qu'il suffisait d'être fort et de triompher un jour. Puis, il eut un sourire. Est-ce qu'on trouve à se vendre ? Les coquins, qui guettent les occasions, crèvent de misère, sans mettre jamais la main sur un acheteur. Il craignit d'être lâche, il se dit qu'il inventait là des distractions. Et il s'assit de nouveau, en jurant qu'il se précipiterait de la fenêtre, lorsqu'il ferait nuit noire.

Cependant, sa fatigue était telle, qu'il s'endormit sur sa chaise. Brusquement, il fut réveillé par un bruit de voix. C'était sa concierge qui introduisait chez lui une dame.

« Monsieur, commença-t-elle, je me suis permis de faire monter... »

Et, comme elle s'aperçut qu'il n'y avait pas de lumière dans la chambre, elle redescendit vivement chercher une bougie. Elle paraissait connaître la personne qu'elle amenait, à la fois complaisante et respectueuse.

« Voilà, reprit-elle en se retirant. Vous pouvez causer, personne ne vous dérangera. »

Nantas, qui s'était éveillé en sursaut, regardait la dame avec surprise. Elle avait levé sa voilette. C'était une personne de quarante-cinq ans, petite, très grasse, d'une figure poupine et blanche de vieille dévote. Il ne l'avait jamais vue. Lorsqu'il lui offrit l'unique chaise, en l'interrogeant du regard, elle se nomma :

« Mlle Chuin... Je viens, monsieur, pour vous entretenir d'une affaire importante. »

Lui, avait dû s'asseoir sur le bord du lit. Le nom de Mlle Chuin ne lui apprenait rien. Il prit le parti d'attendre qu'elle voulût bien s'expliquer. Mais elle ne se pressait pas ; elle avait fait d'un coup d'œil le tour de l'étroite pièce, et semblait hésiter sur la façon dont elle entamerait l'entretien. Enfin, elle parla, d'une voix très douce, en appuyant d'un sourire les phrases délicates.

« Monsieur, je viens en amie... On m'a donné sur votre compte les renseignements les plus touchants. Certes, ne croyez pas à un espionnage. Il n'y a, dans tout ceci, que le vif désir de vous être utile. Je sais combien la vie vous a été rude jusqu'à présent, avec quel courage vous avez lutté pour trouver une situation, et quel est aujourd'hui le résultat fâcheux de tant d'efforts... Pardonnez-moi une fois encore, monsieur, de m'introduire ainsi dans votre existence. Je vous jure que la sympathie seule... »

Nantas ne l'interrompait pas, pris de curiosité, pensant que sa concierge avait dû fournir tous ces détails. Mlle Chuin pouvait continuer, et pourtant elle cherchait de plus en plus des compliments, des façons caressantes de dire les choses.

« Vous êtes un garçon d'un grand avenir, monsieur. Je me suis permis de suivre vos tentatives et j'ai été vivement frappée par votre louable fermeté dans le malheur. Enfin, il me semble que vous iriez loin, si quelqu'un vous tendait la main. »

Elle s'arrêta encore. Elle attendait un mot. Le jeune homme crut que cette dame venait lui offrir une place. Il répondit qu'il accepterait tout. Mais elle, maintenant que la glace était rompue, lui demanda carrément :

« Éprouveriez-vous quelque répugnance à vous marier ?

— Me marier ! s'écria Nantas. Eh ! bon Dieu ! qui

voudrait de moi, madame ?... Quelque pauvre fille que je ne pourrais seulement pas nourrir.

— Non, une jeune fille très belle, très riche, magnifiquement apparentée, qui vous mettra d'un coup dans la main les moyens d'arriver à la situation la plus haute. »

Nantas ne riait plus.

« Alors, quel est le marché ? demanda-t-il, en baissant instinctivement la voix.

— Cette jeune fille est enceinte, et il faut reconnaître l'enfant », dit nettement Mlle Chuin, qui oubliait ses tournures onctueuses pour aller plus vite en affaire.

Le premier mouvement de Nantas fut de jeter l'entremetteuse à la porte.

« C'est une infamie que vous me proposez là, murmura-t-il.

— Oh ! une infamie, s'écria Mlle Chuin, retrouvant sa voix mielleuse, je n'accepte pas ce vilain mot... La vérité, monsieur, est que vous sauverez une famille du désespoir. Le père ignore tout, la grossesse n'est encore que peu avancée ; et c'est moi qui ai conçu l'idée de marier le plus tôt possible la pauvre fille, en présentant le mari comme l'auteur de l'enfant. Je connais le père, il en mourrait. Ma combinaison amortira le coup, il croira à une réparation... Le malheur est que le véritable séducteur est marié. Ah ! monsieur, il y a des hommes qui manquent vraiment de sens moral... »

Elle aurait pu aller longtemps ainsi. Nantas ne l'écoutait plus. Pourquoi donc refuserait-il ? Ne demandait-il pas à se vendre tout à l'heure ? Eh bien ! on venait l'acheter. Donnant, donnant. Il donnait son nom, on lui donnait une situation. C'était un contrat comme un autre. Il regarda son pantalon crotté par la boue de Paris, il sentit qu'il n'avait pas mangé depuis la veille, toute la colère de ses deux mois de recherches et d'humiliations lui revint au cœur. Enfin ! il allait donc mettre le pied sur ce monde qui le repoussait et le jetait au suicide !

« J'accepte », dit-il crûment.

Puis, il exigea de Mlle Chuin des explications claires. Que voulait-elle pour son entremise ? Elle se récria, elle ne voulait rien. Pourtant, elle finit par demander vingt mille francs, sur l'apport que l'on constituerait au jeune homme. Et, comme il ne marchandait pas, elle se montra expansive.

« Écoutez, c'est moi qui ai songé à vous. La jeune personne n'a pas dit non, lorsque je vous ai nommé... Oh ! c'est une bonne affaire, vous me remercierez plus tard. J'aurais pu trouver un homme titré, j'en connais un qui m'aurait baisé les mains. Mais j'ai préféré choisir en dehors du monde de cette pauvre enfant. Cela paraîtra plus romanesque... Puis, vous me plaisez. Vous êtes gentil, vous avez la tête solide. Oh ! vous irez loin. Ne m'oubliez pas, je suis tout à vous. »

Jusque-là, aucun nom n'avait été prononcé. Sur une interrogation de Nantas, la vieille fille se leva et dit en se présentant de nouveau :

« Mlle Chuin... Je suis chez le baron Danvilliers depuis la mort de la baronne, en qualité de gouvernante. C'est moi qui ai élevé Mlle Flavie, la fille de M. le baron... Mlle Flavie est la jeune personne en question. »

Et elle se retira, après avoir discrètement déposé sur la table une enveloppe qui contenait un billet de cinq cents francs. C'était une avance faite par elle, pour subvenir aux premiers frais. Quand il fut seul, Nantas alla se mettre à la fenêtre. La nuit était très noire ; on ne distinguait plus que la masse des arbres, à l'épaississement de l'ombre ; une fenêtre luisait sur la façade sombre de l'hôtel. Ainsi, c'était cette grande fille blonde, qui marchait d'un pas de reine et qui ne daignait point l'apercevoir. Elle ou une autre, qu'importait d'ailleurs ! La femme n'entrait pas dans le marché. Alors, Nantas leva les yeux plus haut, sur Paris grondant dans les ténèbres, sur les quais, les rues, les carrefours de la rive gauche, éclairés des flammes dansantes du gaz ; et il tutoya Paris, il devint familier et supérieur.

« Maintenant, tu es à moi ! »

II

Le baron Danvilliers était dans le salon qui lui servait de cabinet, une haute pièce sévère, tendue de cuir, garnie de meubles antiques. Depuis l'avant-veille, il restait comme foudroyé par l'histoire que Mlle Chuin lui avait contée du déshonneur de Flavie. Elle avait eu beau amener les faits de loin, les adoucir, le vieillard était tombé sous le coup, et seule la pensée que le séducteur pouvait offrir une suprême réparation, le tenait debout encore. Ce matin-là, il attendait la visite de cet homme qu'il ne connaissait point et qui lui prenait ainsi sa fille. Il sonna.

« Joseph, il va venir un jeune homme que vous introduirez... Je n'y suis pour personne autre. »

Et il songeait amèrement, seul au coin de son feu. Le fils d'un maçon, un meurt-de-faim qui n'avait aucune situation avouable ! Mlle Chuin le donnait bien comme un garçon d'avenir, mais que de honte, dans une famille où il n'y avait pas eu une tache jusque-là ! Flavie s'était accusée avec une sorte d'emportement, pour épargner à sa gouvernante le moindre reproche. Depuis cette explication pénible, elle gardait la chambre, le baron avait refusé de la revoir. Il voulait, avant de pardonner, régler lui-même cette abominable affaire. Toutes ses dispositions étaient prises. Mais ses cheveux avaient achevé de blanchir, un tremblement sénile agitait sa tête.

« M. Nantas », annonça Joseph.

Le baron ne se leva pas. Il tourna seulement la tête et regarda fixement Nantas qui s'avançait. Celui-ci avait eu l'intelligence de ne pas céder au désir de s'habiller de neuf ; il avait acheté une redingote et un pantalon noir encore propres, mais très râpés ; et cela lui donnait l'apparence d'un étudiant pauvre et soigneux, ne sentant en rien l'aventurier. Il s'arrêta au milieu de la pièce, et attendit, debout, sans humilité pourtant.

« C'est donc vous, monsieur », bégaya le vieillard.

Mais il ne put continuer, l'émotion l'étranglait ; il

craignait de céder à quelque violence. Après un silence, il dit simplement :

« Monsieur, vous avez commis une mauvaise action. »

Et, comme Nantas allait s'excuser, il répéta avec plus de force :

« Une mauvaise action... Je ne veux rien savoir, je vous prie de ne pas chercher à m'expliquer les choses. Ma fille se serait jetée à votre cou, que votre crime resterait le même... Il n'y a que les voleurs qui s'introduisent ainsi violemment dans les familles. »

Nantas avait de nouveau baissé la tête.

« C'est une dot gagnée aisément, c'est un guet-apens où vous étiez certain de prendre la fille et le père...

— Permettez, monsieur », interrompit le jeune homme qui se révoltait.

Mais le baron eut un geste terrible.

« Quoi ? que voulez-vous que je permette ?... Ce n'est pas à vous de parler ici. Je vous dis ce que je dois vous dire et ce que vous devez entendre, puisque vous venez à moi comme un coupable... Vous m'avez outragé. Voyez cette maison, notre famille y a vécu pendant plus de trois siècles sans une souillure ; n'y sentez-vous pas un honneur séculaire, une tradition de dignité et de respect ? Eh bien ! monsieur, vous avez souffleté tout cela. J'ai failli en mourir, et aujourd'hui mes mains tremblent, comme si j'avais brusquement vieilli de dix ans... Taisez-vous et écoutez-moi. »

Nantas était devenu très pâle. Il avait accepté là un rôle bien lourd. Pourtant, il voulut prétexter l'aveuglement de la passion.

« J'ai perdu la tête, murmura-t-il en tâchant d'inventer un roman. Je n'ai pu voir Mlle Flavie... »

Au nom de sa fille, le baron se leva et cria d'une voix de tonnerre :

« Taisez-vous ! Je vous ai dit que je ne voulais rien savoir. Que ma fille soit allée vous chercher, ou que ce soit vous qui soyez venu à elle, cela ne me regarde pas. Je ne lui ai rien demandé, je ne vous demande rien. Gardez tous les deux vos confessions, c'est une ordure où je n'entrerai pas. »

Il se rassit, tremblant, épuisé. Nantas s'inclinait, troublé profondément, malgré l'empire qu'il avait sur lui-même. Au bout d'un silence, le vieillard reprit de la voix sèche d'un homme qui traite une affaire :

« Je vous demande pardon, monsieur. Je m'étais promis de garder mon sang-froid. Ce n'est pas vous qui m'appartenez, c'est moi qui vous appartiens, puisque je suis à votre discrétion. Vous êtes ici pour m'offrir une transaction devenue nécessaire. Transigeons, monsieur. »

Et il affecta dès lors de parler comme un avoué qui arrange à l'amiable quelque procès honteux, où il ne met les mains qu'avec dégoût. Il disait posément :

« Mlle Flavie Danvilliers a hérité, à la mort de sa mère, d'une somme de deux cent mille francs, qu'elle ne devait toucher que le jour de son mariage. Cette somme a déjà produit des intérêts. Voici, d'ailleurs, mes comptes de tutelle, que je veux vous communiquer. »

Il avait ouvert un dossier, il lut des chiffres. Nantas tenta vainement de l'arrêter. Maintenant, une émotion le prenait, en face de ce vieillard, si droit et si simple, qui lui paraissait très grand, depuis qu'il était calme.

« Enfin, conclut celui-ci, je vous reconnais dans le contrat que mon notaire a dressé ce matin, un apport de deux cent mille francs. Je sais que vous n'avez rien. Vous toucherez les deux cent mille francs chez mon banquier, le lendemain du mariage.

— Mais, monsieur, dit Nantas, je ne vous demande pas votre argent, je ne veux que votre fille... »

Le baron lui coupa la parole.

« Vous n'avez pas le droit de refuser, et ma fille ne saurait épouser un homme moins riche qu'elle... Je vous donne la dot que je lui destinais, voilà tout. Peut-être aviez-vous compté trouver davantage, mais on me croit plus riche que je ne le suis réellement, monsieur. »

Et, comme le jeune homme restait muet sous cette dernière cruauté, le baron termina l'entrevue, en sonnant le domestique.

« Joseph, dites à Mademoiselle que je l'attends tout de suite dans mon cabinet. »

Il s'était levé, il ne prononça plus un mot, marchant lentement. Nantas demeurait debout et immobile. Il trompait ce vieillard, il se sentait petit et sans force devant lui. Enfin, Flavie entra.

« Ma fille, dit le baron, voici cet homme. Le mariage aura lieu dans le délai légal. »

Et il s'en alla, il les laissa seuls, comme si, pour lui, le mariage était conclu. Quand la porte se fut refermée, un silence régna. Nantas et Flavie se regardaient. Ils ne s'étaient point vus encore. Elle lui parut très belle, avec son visage pâle et hautain, dont les grands yeux gris ne se baissaient pas. Peut-être avait-elle pleuré depuis trois jours qu'elle n'avait pas quitté sa chambre ; mais la froideur de ses joues devait avoir glacé ses larmes. Ce fut elle qui parla la première.

« Alors, monsieur, cette affaire est terminée ?

— Oui, madame », répondit simplement Nantas. Elle eut une moue involontaire, en l'enveloppant d'un long regard, qui semblait chercher en lui sa bassesse.

« Allons, tant mieux, reprit-elle. Je craignais de ne trouver personne pour un tel marché. »

Nantas sentit, à sa voix, tout le mépris dont elle l'accablait. Mais il releva la tête. S'il avait tremblé devant le père, en sachant qu'il le trompait, il entendait être solide et carré en face de la fille, qui était sa complice.

« Pardon, madame, dit-il tranquillement, avec une grande politesse, je crois que vous vous méprenez sur la situation que nous fait à tous deux ce que vous venez d'appeler très justement un marché. J'entends que, dès aujourd'hui, nous nous mettions sur un pied d'égalité...

— Ah ! vraiment, interrompit Flavie, avec un sourire dédaigneux.

— Oui, sur un pied d'égalité complète... Vous avez

besoin d'un nom pour cacher une faute que je ne me permets pas de juger, et je vous donne le mien. De mon côté, j'ai besoin d'une mise de fonds, d'une certaine position sociale, pour mener à bien de grandes entreprises, et vous m'apportez ces fonds. Nous sommes dès aujourd'hui deux associés dont les apports se balancent, nous avons seulement à nous remercier pour le service que nous nous rendons mutuellement. »

Elle ne souriait plus. Un pli d'orgueil irrité lui barrait le front. Pourtant elle ne répondit pas. Au bout d'un silence, elle reprit :

« Vous connaissez mes conditions ?

— Non, madame, dit Nantas, qui conservait un calme parfait. Veuillez me les dicter, et je m'y soumets d'avance. »

Alors, elle s'exprima nettement, sans une hésitation ni une rougeur.

« Vous ne serez jamais que mon mari de nom. Nos vies resteront complètement distinctes et séparées. Vous abandonnerez tous vos droits sur moi, et je n'aurai aucun devoir envers vous. »

À chaque phrase, Nantas acceptait d'un signe de tête. C'était bien là ce qu'il désirait. Il ajouta :

« Si je croyais devoir être galant, je vous dirais que des conditions si dures me désespèrent. Mais nous sommes au-dessus de compliments aussi fades. Je suis très heureux de vous voir le courage de nos situations respectives. Nous entrons dans la vie par un sentier où l'on ne cueille pas de fleurs... Je ne vous demande qu'une chose, madame, c'est de ne point user de la liberté que je vous laisse, de façon à rendre mon intervention nécessaire.

— Monsieur ! » dit violemment Flavie, dont l'orgueil se révolta.

Mais il s'inclina respectueusement, en la suppliant de ne point se blesser. Leur position était délicate, ils devaient tous deux tolérer certaines allusions, sans quoi la bonne entente devenait impossible. Il évita d'insister davantage. Mlle Chuin, dans une seconde entrevue, lui avait conté la faute de Flavie. Son séducteur était un certain M. des Fondettes, le mari d'une de ses amies de couvent. Comme elle passait un mois chez eux, à la campagne, elle s'était trouvée un soir entre les bras de cet homme, sans savoir au juste comment cela avait pu se faire et jusqu'à quel point elle était consentante. Mlle Chuin parlait presque d'un viol.

Brusquement, Nantas eut un mouvement amical. Ainsi que tous les gens qui ont conscience de leur force, il aimait à être bonhomme.

« Tenez ! madame, s'écria-t-il, nous ne nous connaissons pas ; mais nous aurions vraiment tort de nous détester ainsi, à première vue. Peut-être sommes-nous faits pour nous entendre... Je vois bien que vous me méprisez ; c'est que vous ignorez mon histoire. »

Et il parla avec fièvre, se passionnant, disant sa vie dévorée d'ambition, à Marseille, expliquant la rage de ses deux mois de démarches inutiles dans Paris. Puis, il montra son dédain de ce qu'il nommait les conventions sociales, où patauge le commun des hommes.

Qu'importait le jugement de la foule, quand on posait le pied sur elle ! Il s'agissait d'être supérieur. La toute-puissance excusait tout. Et, à grands traits, il peignit la vie souveraine qu'il saurait se faire. Il ne craignait plus aucun obstacle, rien ne prévalait contre la force. Il serait fort, il serait heureux.

« Ne me croyez pas platement intéressé, ajouta-t-il. Je ne me vends pas pour votre fortune. Je ne prends votre argent que comme un moyen de monter très haut... Oh ! si vous saviez tout ce qui gronde en moi, si vous saviez les nuits ardentes que j'ai passées à refaire toujours le même rêve, sans cesse emporté par la réalité du lendemain, vous me comprendriez, vous seriez peut-être fière de vous appuyer à mon bras, en vous disant que vous me fournissez enfin les moyens d'être quelqu'un ! »

Elle l'écoutait toute droite, pas un trait de son visage ne remuait. Et lui se posait une question qu'il retournait depuis trois jours, sans pouvoir trouver la réponse : l'avait-elle remarqué à sa fenêtre, pour avoir accepté si vite le projet de Mlle Chuin, lorsque celle-ci l'avait nommé ? Il lui vint la pensée singulière qu'elle se serait peut-être mise à l'aimer d'un amour romanesque, s'il avait refusé avec indignation le marché que la gouvernante était venue lui offrir.

Il se tut, et Flavie resta glacée. Puis, comme s'il ne lui avait pas fait sa confession, elle répéta sèchement :

« Ainsi, mon mari de nom seulement, nos vies complètement distinctes, une liberté absolue. »

Nantas reprit aussitôt son air cérémonieux, sa voix brève d'homme qui discute un traité.

« C'est signé, madame. »

Et il se retira, mécontent de lui. Comment avait-il pu céder à l'envie bête de convaincre cette femme ? Elle était très belle, il valait mieux qu'il n'y eût rien de commun entre eux, car elle pouvait le gêner dans la vie.

III

Dix années s'étaient écoulées. Un matin, Nantas se trouvait dans le cabinet où le baron Danvilliers l'avait autrefois si rudement accueilli, lors de leur première entrevue. Maintenant, ce cabinet était le sien ; le baron, après s'être réconcilié avec sa fille et son gendre, leur avait abandonné l'hôtel, en ne se réservant qu'un pavillon situé à l'autre bout du jardin, sur la rue de Beaune. En dix ans, Nantas venait de conquérir une des plus hautes situations financières et industrielles. Mêlé à toutes les grandes entreprises de chemins de fer, lancé dans toutes les spéculations sur les terrains qui signalèrent les premières années de l'Empire, il avait réalisé rapidement une fortune immense. Mais son ambition ne se bornait pas là, il voulait jouer un rôle politique, et il avait réussi à se faire nommer député, dans un département où il possédait plusieurs fermes. Dès son arrivée au Corps législatif, il s'était posé en futur ministre des Finances. Par ses connaissances spéciales et sa facilité de parole, il y prenait de jour en jour une place plus importante. Du reste, il montrait adroitement un dévouement absolu à l'Empire, tout en ayant en matière de finances des théories personnelles, qui faisaient grand bruit et qu'il savait préoccuper beaucoup l'empereur.

Ce matin-là, Nantas était accablé d'affaires. Dans les vastes bureaux qu'il avait installés au rez-de-chaussée de l'hôtel, régnait une activité prodigieuse. C'était un monde d'employés, les uns immobiles derrière des guichets, les autres allant et venant sans cesse, faisant battre les portes ; c'était un bruit d'or continu, des sacs ouverts et coulant sur les tables, la musique toujours sonnante d'une caisse dont le flot semblait devoir noyer les rues. Puis, dans l'antichambre, une cohue se pressait, des solliciteurs, des hommes d'affaires, des hommes politiques, tout Paris à genoux devant la puissance. Souvent, de grands personnages attendaient là patiemment pendant une heure. Et lui, assis à son bureau, en correspondance avec la province et l'étranger, pouvant de ses bras étendus étreindre le monde, réalisait enfin son ancien rêve de force, se sentait le moteur intelligent d'une colossale machine qui remuait les royaumes et les empires.

Nantas sonna l'huissier qui gardait sa porte. Il paraissait soucieux.

« Germain, demanda-t-il, savez-vous si Madame est rentrée ? »

Et, comme l'huissier répondait qu'il l'ignorait, il lui commanda de faire descendre la femme de chambre de Madame. Mais Germain ne se retirait pas.

« Pardon, Monsieur, murmura-t-il, il y a là M. le président du Corps législatif qui insiste pour entrer. »

Alors, il eut un geste d'humeur, en disant :

« Eh bien ! introduisez-le, et faites ce que je vous ai ordonné. »

La veille, sur une question capitale du budget, un discours de Nantas avait produit une impression telle, que l'article en discussion avait été envoyé à la commission, pour être amendé dans le sens indiqué par lui. Après la séance, le bruit s'était répandu que le ministre des Finances allait se retirer, et l'on désignait déjà dans les groupes le jeune député comme son successeur. Lui, haussait les épaules : rien n'était fait, il n'avait eu avec l'empereur qu'un entretien sur des points spéciaux. Pourtant, la visite du président du Corps législatif pouvait être grosse de signification. Il parut secouer la préoccupation qui l'assombrissait, il se leva et alla serrer les mains du président.

« Ah ! monsieur le duc, dit-il, je vous demande pardon. J'ignorais que vous fussiez là... Croyez que je suis bien touché de l'honneur que vous me faites. »

Un instant, ils causèrent à bâtons rompus, sur un ton de cordialité. Puis, le président, sans rien lâcher de net, lui fit entendre qu'il était envoyé par l'empereur, pour le sonder. Accepterait-il le portefeuille des Finances, et avec quel programme ? Alors, lui, superbe de sang-froid, posa ses conditions. Mais, sous l'impassibilité de son visage, un grondement de triomphe montait. Enfin, il gravissait le dernier échelon, il était au sommet. Encore un pas, il allait avoir toutes les têtes au-dessous de lui. Comme le président concluait, en disant qu'il se rendait à l'instant même chez l'empereur, pour lui communiquer le programme débattu, une petite porte donnant sur les appartements s'ouvrit, et la femme de chambre de Madame parut.

Nantas, tout d'un coup redevenu blême, n'acheva pas la phrase qu'il prononçait. Il courut à cette femme, en murmurant :

« Excusez-moi, monsieur le duc... »

Et, tout bas, il l'interrogea. Madame était donc sortie de bonne heure ? Avait-elle dit où elle allait ? Quand devait-elle rentrer ? La femme de chambre répondait par des paroles vagues, en fille intelligente qui ne veut pas se compromettre. Ayant compris la naïveté de cet interrogatoire, il finit par dire simplement :

« Dès que Madame rentrera, prévenez-la que je désire lui parler. »

Le duc, surpris, s'était approché d'une fenêtre et regardait dans la cour. Nantas revint à lui, en s'excusant de nouveau. Mais il avait perdu son sang-froid, il balbutia, il l'étonna par des paroles peu adroites.

« Allons, j'ai gâté mon affaire, laissa-t-il échapper tout haut, lorsque le président ne fut plus là. Voilà un portefeuille qui va m'échapper. »

Et il resta dans un état de malaise, coupé d'accès de colère. Plusieurs personnes furent introduites. Un ingénieur avait à lui présenter un rapport qui annonçait des bénéfices énormes dans une exploitation de mine. Un diplomate l'entretint d'un emprunt qu'une puissance voisine voulait ouvrir à Paris. Des créatures défilèrent, lui rendirent des comptes sur vingt affaires considérables. Enfin, il reçut un grand nombre de ses collègues de la Chambre ; tous se répandaient en éloges outrés sur son discours de la veille. Lui, renversé au fond de son fauteuil, acceptait cet encens, sans un sourire. Le bruit de l'or continuait dans les bureaux voisins, une trépidation d'usine faisait trembler les murs, comme si on eût fabriqué là tout cet or qui sonnait. Il n'avait qu'à prendre une plume pour expédier des dépêches dont l'arrivée aurait réjoui ou consterné les marchés de l'Europe ; il pouvait empêcher ou précipiter la guerre, en appuyant ou en combattant l'emprunt dont on lui avait parlé ; même il tenait le budget de la France dans sa main, il saurait bientôt s'il serait pour ou contre l'Empire. C'était le triomphe, sa personnalité développée outre mesure devenait le centre autour duquel tournait un monde. Et il ne goûtait point ce triomphe, ainsi qu'il se l'était promis. Il éprouvait une lassitude, l'esprit autre part, tressaillant au moindre bruit. Lorsqu'une flamme, une fièvre d'ambition satisfaite montait à ses joues, il se sentait tout de suite pâlir, comme si par-derrière, brusquement, une main froide l'eût touché à la nuque.

Deux heures s'étaient passées, et Flavie n'avait pas encore paru. Nantas appela Germain pour le charger d'aller chercher M. Danvilliers, si le baron se trouvait chez lui. Resté seul, il marcha dans son cabinet, en refusant de recevoir davantage ce jour-là. Peu à peu, son agitation avait grandi. Évidemment, sa femme était à quelque rendez-vous. Elle devait avoir renoué avec M. des Fondettes, qui était veuf depuis six mois. Certes, Nantas se défendait d'être jaloux ; pendant dix années, il avait strictement observé le traité conclu ; seulement, il entendait, disait-il, ne pas être ridicule. Jamais il ne permettrait à sa femme de compromettre sa situation, en le rendant la moquerie de tous. Et sa force l'abandonnait, ce sentiment de mari qui veut simplement être respecté l'envahissait d'un tel trouble, qu'il n'en avait pas éprouvé de pareil, même lorsqu'il jouait les coups de cartes les plus hasardés, dans les commencements de sa fortune.

Flavie entra, encore en toilette de ville ; elle n'avait retiré que son chapeau et ses gants. Nantas, dont la voix tremblait, lui dit qu'il serait monté chez elle, si elle lui avait fait savoir qu'elle était rentrée. Mais elle, sans s'asseoir, de l'air pressé d'une cliente, eut un geste pour l'inviter à se hâter.

« Madame, commença-t-il, une explication est devenue nécessaire entre nous... Où êtes-vous allée ce matin ? »

La voix frémissante de son mari, la brutalité de sa question, la surprirent extrêmement.

« Mais, répondit-elle d'un ton froid, où il m'a plu d'aller.

— Justement, c'est ce qui ne saurait me convenir désormais, reprit-il en devenant très pâle. Vous devez vous souvenir de ce que je vous ai dit, je ne tolérerai pas que vous usiez de la liberté que je vous laisse, de façon à déshonorer mon nom. »

Flavie eut un sourire de souverain mépris.

« Déshonorer votre nom, monsieur, mais cela vous regarde, c'est une besogne qui n'est plus à faire. »

Alors, Nantas, dans un emportement fou, s'avança comme s'il voulait la battre, bégayant :

« Malheureuse, vous sortez des bras de M. des Fondettes... Vous avez un amant, je le sais.

— Vous vous trompez, dit-elle sans reculer devant sa menace, je n'ai jamais revu M. des Fondettes... Mais j'aurais un amant que vous n'auriez pas à me le reprocher. Qu'est-ce que cela pourrait vous faire ? Vous oubliez donc nos conventions. »

Il la regarda un instant de ses yeux hagards ; puis, secoué de sanglots, mettant dans son cri une passion longtemps contenue, il s'abattit à ses pieds.

« Oh ! Flavie, je vous aime ! »

Elle, toute droite, s'écarta, parce qu'il avait touché le coin de sa robe. Mais le malheureux la suivait en se traînant sur les genoux, les mains tendues.

« Je vous aime, Flavie, je vous aime comme un fou... Cela est venu je ne sais comment. Il y a des années déjà. Et peu à peu cela m'a pris tout entier. Oh ! j'ai lutté, je trouvais cette passion indigne de moi, je me rappelais notre premier entretien... Mais, aujourd'hui, je souffre trop, il faut que je vous parle... »

Longtemps, il continua. C'était l'effondrement de toutes ses croyances. Cet homme qui avait mis sa foi dans la force, qui soutenait que la volonté est le seul levier capable de soulever le monde, tombait anéanti, faible comme un enfant, désarmé devant une femme. Et son rêve de fortune réalisé, sa haute situation conquise, il eût tout donné, pour que cette femme le relevât d'un baiser au front. Elle lui gâtait son triomphe. Il n'entendait plus l'or qui sonnait dans ses bureaux, il ne songeait plus au défilé des courtisans qui venaient de le saluer, il oubliait que l'empereur, en ce moment, l'appelait peut-être au pouvoir. Ces choses n'existaient pas. Il avait tout, et il ne voulait que Flavie. Si Flavie se refusait, il n'avait rien.

« Écoutez, continua-t-il, ce que j'ai fait, je l'ai fait pour vous... D'abord, c'est vrai, vous ne comptiez pas, je travaillais pour la satisfaction de mon orgueil. Puis, vous êtes devenue l'unique but de toutes mes pensées, de tous mes efforts. Je me disais que je devais monter le plus haut possible, afin de vous mériter. J'espérais vous fléchir, le jour où je mettrais à vos pieds ma puissance. Voyez où je suis aujourd'hui. N'ai-je pas gagné votre pardon ? Ne me méprisez plus, je vous en conjure ! »

Elle n'avait pas encore parlé. Elle dit tranquillement :

« Relevez-vous, monsieur, on pourrait entrer. »

Il refusa, il la supplia encore. Peut-être aurait-il attendu, s'il n'avait pas été jaloux de M. des Fondettes. C'était un tourment qui l'affolait. Puis, il se fit très humble.

« Je vois bien que vous me méprisez toujours. Eh bien ! attendez, ne donnez votre amour à personne. Je vous promets de si grandes choses, que je saurai bien vous fléchir. Il faut me pardonner, si j'ai été brutal tout à l'heure. Je n'ai plus la tête à moi... Oh ! laissez-moi espérer que vous m'aimerez un jour !

— Jamais ! » prononça-t-elle avec énergie.

Et, comme il restait par terre, écrasé, elle voulut sortir. Mais, lui, la tête perdue, pris d'un accès de rage, se leva et la saisit aux poignets. Une femme le braverait ainsi, lorsque le monde était à ses pieds ! Il pouvait tout, bouleverser les États, conduire la France à son gré, et il ne pourrait obtenir l'amour de sa femme ! Lui, si fort, si puissant, lui dont les moindres désirs étaient des ordres, il n'avait plus qu'un désir, et ce désir ne serait jamais contenté, parce qu'une créature, d'une faiblesse d'enfant, refusait ! Il lui serrait les bras, il répétait d'une voix rauque :

« Je veux... Je veux...

— Et moi je ne veux pas », disait Flavie toute blanche et raidie dans sa volonté.

La lutte continuait, lorsque le baron Danvilliers ouvrit la porte. À sa vue, Nantas lâcha Flavie et s'écria :

« Monsieur, voici votre fille qui revient de chez son amant... Dites-lui donc qu'une femme doit respecter le nom de son mari, même lorsqu'elle ne l'aime pas et que la pensée de son propre honneur ne l'arrête plus. »

Le baron, très vieilli, restait debout sur le seuil, devant cette scène de violence. C'était pour lui une surprise douloureuse. Il croyait le ménage uni, il approuvait les rapports cérémonieux des deux époux, pensant qu'il n'y avait là qu'une tenue de convenance. Son gendre et lui étaient de deux générations différentes ; mais, s'il était blessé par l'activité peu scrupuleuse du financier, s'il condamnait certaines entreprises qu'il traitait de casse-cou, il avait dû reconnaître la force de sa volonté et sa vive intelligence. Et, brusquement, il tombait dans ce drame, qu'il ne soupçonnait pas.

Lorsque Nantas accusa Flavie d'avoir un amant, le baron, qui traitait encore sa fille mariée avec la sévérité qu'il avait pour elle à dix ans, s'avança de son pas de vieillard solennel.

« Je vous jure qu'elle sort de chez son amant, répétait Nantas, et vous la voyez ! elle est là qui me brave. »

Flavie, dédaigneuse, avait tourné la tête. Elle arrangeait ses manchettes, que la brutalité de son mari avait froissées. Pas une rougeur n'était montée à son visage. Cependant, son père lui parlait.

« Ma fille, pourquoi ne vous défendez-vous pas ? Votre mari dirait-il la vérité ? Auriez-vous réservé cette dernière douleur à ma vieillesse ?... L'affront serait aussi pour moi ; car, dans une famille, la faute d'un seul membre suffit à salir tous les autres. »

Alors, elle eut un mouvement d'impatience. Son père prenait bien son temps pour l'accuser ! Un instant encore, elle supporta son interrogatoire, voulant lui épargner la honte d'une explication. Mais, comme il s'emportait à son tour, en la voyant muette et provocante, elle finit par dire :

« Eh ! mon père, laissez cet homme jouer son rôle... Vous ne le connaissez pas. Ne me forcez point à parler par respect pour vous.

— Il est votre mari, reprit le vieillard. Il est le père de votre enfant. »

Flavie s'était redressée, frémissante.

« Non, non, il n'est pas le père de mon enfant... À la fin, je vous dirai tout. Cet homme n'est pas même un séducteur, car ce serait une excuse au moins, s'il m'avait aimée. Cet homme s'est simplement vendu et a consenti à couvrir la faute d'un autre. »

Le baron se tourna vers Nantas, qui, livide, reculait.

« Entendez-vous, mon père ! reprenait Flavie avec plus de force, il s'est vendu, vendu pour de l'argent... Je ne l'ai jamais aimé, il ne m'a jamais touchée du bout de ses doigts... J'ai voulu vous épargner une grande douleur, je l'ai acheté afin qu'il vous mentît... Regardez-le, voyez si je dis la vérité. »

Nantas se cachait la face entre les mains.

« Et, aujourd'hui, continua la jeune femme, voilà qu'il veut que je l'aime... Il s'est mis à genoux et il a pleuré. Quelque comédie sans doute. Pardonnez-moi de vous avoir trompé, mon père ; mais, vraiment, est-ce que j'appartiens à cet homme ?... Maintenant que vous savez tout, emmenez-moi. Il m'a violentée tout à l'heure, je ne resterai pas ici une minute de plus. »

Le baron redressa sa taille courbée. Et, silencieux, il alla donner le bras à sa fille. Tous deux traversèrent la pièce, sans que Nantas fît un geste pour les retenir. Puis, à la porte, le vieillard ne laissa tomber que cette parole :

« Adieu, monsieur. »

La porte s'était refermée. Nantas restait seul, écrasé, regardant follement le vide autour de lui. Comme Germain venait d'entrer et de poser une lettre sur le bureau, il l'ouvrit machinalement et la parcourut des yeux. Cette lettre, entièrement écrite de la main de l'empereur, l'appelait au ministère des Finances, en termes très obligeants. Il comprit à peine. La réalisation de toutes ses ambitions ne le touchait plus. Dans les caisses voisines, le bruit de l'or avait augmenté ; c'était l'heure où la maison Nantas ronflait, donnant le branle à tout un monde. Et lui, au milieu de ce labeur colossal qui était son œuvre, dans l'apogée de sa puissance, les yeux stupidement fixés sur l'écriture de l'empereur, poussa cette plainte d'enfant, qui était la négation de sa vie entière :

« Je ne suis pas heureux... Je ne suis pas heureux... »

Il pleurait, la tête tombée sur son bureau, et ses larmes chaudes effaçaient la lettre qui le nommait ministre.

IV

Depuis dix-huit mois que Nantas était ministre des Finances, il semblait s'étourdir par un travail surhumain. Au lendemain de la scène de violence qui s'était passée dans son cabinet, il avait eu avec le baron Danvilliers une entrevue ; et, sur les conseils de son père, Flavie avait consenti à rentrer au domicile conjugal. Mais les époux ne s'adressaient plus la parole, en dehors de la comédie qu'ils devaient jouer devant le monde. Nantas avait décidé qu'il ne quitterait pas son hôtel. Le soir, il amenait ses secrétaires et expédiait chez lui la besogne.

Ce fut l'époque de son existence où il fit les plus grandes choses. Une voix lui soufflait des inspirations hautes et fécondes. Sur son passage, un murmure de sympathie et d'admiration s'élevait. Mais lui restait insensible aux éloges. On eût dit qu'il travaillait sans espoir de récompense, avec la pensée d'entasser les œuvres dans le but unique de tenter l'impossible. Chaque fois qu'il montait plus haut, il consultait le visage de Flavie. Est-ce qu'elle était touchée enfin ? Est-ce qu'elle lui pardonnait son ancienne infamie, pour ne plus voir que le développement de son intelligence ? Et il ne surprenait toujours aucune émotion sur le visage muet de cette femme, et il se disait, en se remettant au travail : « Allons ! je ne suis point assez haut pour elle, il faut monter encore, monter sans cesse. » Il entendait forcer le bonheur, comme il avait forcé la fortune. Toute sa croyance en sa force lui revenait, il n'admettait pas d'autre levier en ce monde, car c'est la volonté de la vie qui a fait l'humanité. Quand le découragement le prenait parfois, il s'enfermait pour que personne ne pût se douter des faiblesses de sa chair. On ne devinait ses luttes qu'à ses yeux plus profonds, cerclés de noir, et où brûlait une flamme intense.

La jalousie le dévorait maintenant. Ne pas réussir à se faire aimer de Flavie était un supplice ; mais une rage l'affolait, lorsqu'il songeait qu'elle pouvait se donner à un autre. Pour affirmer sa liberté, elle était capable de s'afficher avec M. des Fondettes. Il affectait donc de ne point s'occuper d'elle, tout en agonisant d'angoisse à ses moindres absences. S'il n'avait pas craint le ridicule, il l'aurait suivie lui-même dans les rues. Ce fut alors qu'il voulut avoir près d'elle une personne dont il achèterait le dévouement.

On avait conservé Mlle Chuin dans la maison. Le

baron était habitué à elle. D'autre part, elle savait trop de choses pour qu'on pût s'en débarrasser. Un moment, la vieille fille avait eu le projet de se retirer avec les vingt mille francs que Nantas lui avait comptés, au lendemain de son mariage. Mais sans doute elle s'était dit que la maison devenait bonne pour y pêcher en eau trouble. Elle attendait donc une nouvelle occasion, ayant fait le calcul qu'il lui fallait encore une vingtaine de mille francs, si elle voulait acheter à Roinville, son pays, la maison du notaire, qui avait fait l'admiration de sa jeunesse.

Nantas n'avait pas à se gêner avec cette vieille fille, dont les mines confites en dévotion ne pouvaient plus le tromper. Pourtant, le matin où il la fit venir dans son cabinet et où il lui proposa nettement de le tenir au courant des moindres actions de sa femme, elle feignit de se révolter, en lui demandant pour qui il la prenait.

« Voyons, mademoiselle, dit-il impatienté, je suis très pressé, on m'attend. Abrégeons, je vous prie. »

Mais elle ne voulait rien entendre, s'il n'y mettait des formes. Ses principes étaient que les choses ne sont pas laides en elles-mêmes, qu'elles le deviennent ou cessent de l'être, selon la façon dont on les présente.

« Eh bien ! reprit-il, il s'agit, mademoiselle, d'une bonne action... Je crains que ma femme ne me cache certains chagrins. Je la vois triste depuis quelques semaines, et j'ai songé à vous, pour obtenir des renseignements.

— Vous pouvez compter sur moi, dit-elle alors

avec une effusion maternelle. Je suis dévouée à Madame, je ferai tout pour son honneur et le vôtre... Dès demain, nous veillerons sur elle. »

Il lui promit de la récompenser de ses services. Elle se fâcha d'abord. Puis, elle eut l'habileté de le forcer à fixer une somme : il lui donnerait dix mille francs, si elle lui fournissait une preuve formelle de la bonne ou de la mauvaise conduite de Madame. Peu à peu, ils en étaient venus à préciser les choses.

Dès lors, Nantas se tourmenta moins. Trois mois s'écoulèrent, il se trouvait engagé dans une grosse besogne, la préparation du budget. D'accord avec l'empereur, il avait apporté au système financier d'importantes modifications. Il savait qu'il serait vivement attaqué à la Chambre, et il lui fallait préparer une quantité considérable de documents. Souvent il veillait des nuits entières. Cela l'étourdissait et le rendait patient. Quand il voyait Mlle Chuin, il l'interrogeait d'une voix brève. Savait-elle quelque chose ? Madame avait-elle fait beaucoup de visites ? S'était-elle particulièrement arrêtée dans certaines maisons ? Mlle Chuin tenait un journal détaillé. Mais elle n'avait encore recueilli que des faits sans importance. Nantas se rassurait, tandis que la vieille clignait les yeux parfois, en répétant que, bientôt peut-être, elle aurait du nouveau.

La vérité était que Mlle Chuin avait fortement réfléchi. Dix mille francs ne faisaient pas son compte, il lui en fallait vingt mille, pour acheter la maison du notaire. Elle eut d'abord l'idée de se vendre à la femme, après s'être vendue au mari. Mais elle connaissait Madame, elle craignit d'être chassée au premier mot. Depuis longtemps, avant même qu'on la chargeât de cette besogne, elle l'avait espionnée pour son compte, en se disant que les vices des maîtres sont la fortune des valets ; et elle s'était heurtée à une de ces honnêtetés d'autant plus solides, qu'elles s'appuient sur l'orgueil. Flavie gardait de sa faute une rancune à tous les hommes. Aussi Mlle Chuin se désespérait-elle, lorsqu'un jour elle rencontra M. des Fondettes. Il la questionna si vivement sur sa maîtresse, qu'elle comprit tout d'un coup qu'il la désirait follement, brûlé par le souvenir de la minute où il l'avait tenue dans ses bras. Et son plan fut arrêté : servir à la fois le mari et l'amant, là était la combinaison de génie.

Justement, tout venait à point. M. des Fondettes, repoussé, désormais sans espoir, aurait donné sa fortune pour posséder encore cette femme qui lui avait appartenu. Ce fut lui qui, le premier, tâta Mlle Chuin. Il la revit, joua le sentiment, en jurant qu'il se tuerait, si elle ne l'aidait pas. Au bout de huit jours, après une grande dépense de sensibilité et de scrupules, l'affaire était faite : il donnerait dix mille francs, et elle, un soir, le cacherait dans la chambre de Flavie.

Le matin, Mlle Chuin alla trouver Nantas.

« Qu'avez-vous appris ? » demanda-t-il en pâlissant.

Mais elle ne précisa rien d'abord. Madame avait pour sûr une liaison. Même elle donnait des rendez-vous. « Au fait, au fait », répétait-il, furieux d'impatience.

Enfin, elle nomma M. des Fondettes.

« Ce soir, il sera dans la chambre de Madame.

— C'est bien, merci », balbutia Nantas.

Il la congédia du geste, il avait peur de défaillir devant elle. Ce brusque renvoi l'étonnait et l'enchantait, car elle s'était attendue à un long interrogatoire, et elle avait même préparé ses réponses, pour ne pas s'embrouiller. Elle fit une révérence, elle se retira, en prenant une figure dolente.

Nantas s'était levé. Dès qu'il fut seul, il parla tout haut.

« Ce soir... Dans sa chambre... »

Et il portait les mains à son crâne, comme s'il l'avait entendu craquer. Ce rendez-vous, donné au domicile conjugal, lui semblait monstrueux d'impudence. Il ne pouvait se laisser outrager ainsi. Ses poings de lutteur se serraient, une rage le faisait rêver d'assassinat. Pourtant, il avait à finir un travail. Trois fois, il se rassit devant son bureau, et trois fois un soulèvement de tout son corps le remit debout ; tandis que, derrière lui, quelque chose le poussait, un besoin de monter sur-le-champ chez sa femme, pour la traiter de catin. Enfin, il se vainquit, il se remit à la besogne, en jurant qu'il les étranglerait, le soir. Ce fut la plus grande victoire qu'il remporta jamais sur lui-même.

L'après-midi, Nantas alla soumettre à l'empereur le projet définitif du budget. Celui-ci lui ayant fait quelques objections, il les discuta avec une lucidité parfaite. Mais il lui fallut promettre de modifier toute une partie de son travail. Le projet devait être déposé le lendemain.

« Sire, je passerai la nuit », dit-il.

Et, en revenant, il pensait : « Je les tuerai à minuit, et j'aurai ensuite jusqu'au jour pour terminer ce travail. »

Le soir, au dîner, le baron Danvilliers causa précisément de ce projet de budget, qui faisait grand bruit. Lui, n'approuvait pas toutes les idées de son gendre en matière de finances. Mais il les trouvait très larges, très remarquables. Pendant qu'il répondait au baron, Nantas, à plusieurs reprises, crut surprendre les yeux de sa femme fixés sur les siens. Souvent, maintenant, elle le regardait ainsi. Son regard ne s'attendrissait pas, elle l'écoutait simplement et semblait chercher à lire au-delà de son visage. Nantas pensa qu'elle craignait d'avoir été trahie. Aussi fit-il un effort pour paraître d'esprit dégagé : il causa beaucoup, s'éleva très haut, finit par convaincre son beau-père, qui céda devant sa grande intelligence. Flavie le regardait toujours ; et une mollesse à peine sensible avait un instant passé sur sa face.

Jusqu'à minuit, Nantas travailla dans son cabinet. Il s'était passionné peu à peu, plus rien n'existait que cette création, ce mécanisme financier qu'il avait lentement construit, rouage à rouage, au travers d'obstacles sans nombre. Quand la pendule sonna minuit, il leva instinctivement la tête. Un grand silence régnait dans l'hôtel. Tout d'un coup, il se souvint, l'adultère était là, au fond de cette ombre et de ce silence. Mais ce fut pour lui une peine que de quitter son fauteuil : il posa la plume à regret, fit quelques pas comme pour obéir à une volonté ancienne, qu'il ne retrouvait plus.

Puis, une chaleur lui empourpra la face, une flamme alluma ses yeux. Et il monta à l'appartement de sa femme.

Ce soir-là, Flavie avait congédié de bonne heure sa femme de chambre. Elle voulait être seule. Jusqu'à minuit, elle resta dans le petit salon qui précédait sa chambre à coucher. Allongée sur une causeuse, elle avait pris un livre ; mais, à chaque instant, le livre tombait de ses mains, et elle songeait, les yeux perdus. Son visage s'était encore adouci, un sourire pâle y passait par moments.

Elle se leva en sursaut. On avait frappé.

« Qui est là ?

— Ouvrez », répondit Nantas.

Ce fut pour elle une si grande surprise, qu'elle ouvrit machinalement. Jamais son mari ne s'était ainsi présenté chez elle. Il entra, bouleversé ; la colère l'avait repris, en montant. Mlle Chuin, qui le guettait sur le palier, venait de lui murmurer à l'oreille que M. des Fondettes était là depuis deux heures. Aussi ne montra-t-il aucun ménagement.

« Madame, dit-il, un homme est caché dans votre chambre. »

Flavie ne répondit pas tout de suite, tellement sa pensée était loin. Enfin, elle comprit.

« Vous êtes fou, monsieur », murmura-t-elle.

Mais, sans s'arrêter à discuter, il marchait déjà vers la chambre. Alors, d'un bond, elle se mit devant la porte, en criant :

« Vous n'entrerez pas... Je suis ici chez moi, et je vous défends d'entrer ! »

Frémissante, grandie, elle gardait la porte. Un instant, ils restèrent immobiles, sans une parole, les yeux dans les yeux. Lui, le cou tendu, les mains en avant, allait se jeter sur elle, pour passer.

« Ôtez-vous de là, murmura-t-il d'une voix rauque. Je suis plus fort que vous, j'entrerai quand même.

— Non, vous n'entrerez pas, je ne veux pas. »

Follement, il répétait :

« Il y a un homme, il y a un homme... »

Elle, ne daignant même pas lui donner un démenti, haussait les épaules. Puis, comme il faisait encore un pas :

« Eh bien ! mettons qu'il y ait un homme, qu'est-ce que cela peut vous faire ? Ne suis-je pas libre ? »

Il recula devant ce mot qui le cinglait comme un soufflet. En effet, elle était libre. Un grand froid le prit aux épaules, il sentit nettement qu'elle avait le rôle supérieur, et que lui jouait là une scène d'enfant malade et illogique. Il n'observait pas le traité, sa stupide passion le rendait odieux. Pourquoi n'était-il pas resté à travailler dans son cabinet ? Le sang se retirait de ses joues, une ombre d'indicible souffrance blêmit son visage. Lorsque Flavie remarqua le bouleversement qui se faisait en lui, elle s'écarta de la porte, tandis qu'une douceur attendrissait ses yeux.

« Voyez », dit-elle simplement.

Et elle-même entra dans la chambre, une lampe à la main, tandis que Nantas demeurait sur le seuil. D'un geste, il lui avait dit que c'était inutile, qu'il ne voulait pas voir. Mais elle, maintenant, insistait. Comme elle arrivait devant le lit, elle souleva les rideaux, et M. des Fondettes apparut, caché derrière. Ce fut pour elle une telle stupeur, qu'elle eut un cri d'épouvante.

« C'est vrai, balbutia-t-elle éperdue, c'est vrai, cet homme était là... Je l'ignorais, oh ! sur ma vie, je vous le jure ! »

Puis, par un effort de volonté, elle se calma, elle parut même regretter ce premier mouvement qui venait de la pousser à se défendre.

« Vous aviez raison, monsieur, et je vous demande pardon », dit-elle à Nantas, en tâchant de retrouver sa voix froide.

Cependant, M. des Fondettes se sentait ridicule. Il faisait une mine sotte, il aurait donné beaucoup pour que le mari se fâchât. Mais Nantas se taisait. Il était simplement devenu très pâle. Quand il eut reporté ses regards de M. des Fondettes à Flavie, il s'inclina devant cette dernière, en prononçant cette seule phrase :

« Madame, excusez-moi, vous êtes libre. »

Et il tourna le dos, il s'en alla. En lui, quelque chose venait de se casser ; seul, le mécanisme des muscles et des os fonctionnait encore. Lorsqu'il se retrouva dans son cabinet, il marcha droit à un tiroir où il cachait un revolver. Après avoir examiné cette arme, il dit tout haut, comme pour prendre un engagement formel vis-à-vis de lui-même :

« Allons, c'est assez, je me tuerai tout à l'heure. »

Il remonta la lampe qui baissait, il s'assit devant son bureau et se remit tranquillement à la besogne. Sans une hésitation, au milieu du grand silence, il continua la phrase commencée. Un à un, méthodiquement, les feuillets s'entassaient. Deux heures plus tard, lorsque Flavie, qui avait chassé M. des Fondettes, descendit pieds nus pour écouter à la porte du cabinet, elle n'entendit que le petit bruit de la plume craquant sur le papier. Alors, elle se pencha, elle mit un œil au trou de la serrure. Nantas écrivait toujours avec le même calme, son visage exprimait la paix et la satisfaction du travail, tandis qu'un rayon de la lampe allumait le canon du revolver, près de lui.

V

La maison attenante au jardin de l'hôtel était maintenant la propriété de Nantas, qui l'avait achetée à son beau-père. Par un caprice, il défendait d'y louer l'étroite mansarde, où, pendant deux mois, il s'était débattu contre la misère, lors de son arrivée à Paris. Depuis sa grande fortune, il avait éprouvé, à diverses reprises, le besoin de monter s'y enfermer pour quelques heures. C'était là qu'il avait souffert, c'était là qu'il voulait triompher. Lorsqu'un obstacle se présentait, il aimait aussi à y réfléchir, à y prendre les grandes déterminations de sa vie. Il y redevenait ce qu'il était autrefois. Aussi, devant la nécessité du suicide, était-ce dans cette mansarde qu'il avait résolu de mourir.

Le matin, Nantas n'eut fini son travail que vers huit heures. Craignant que la fatigue ne l'assoupît, il se lava à grande eau. Puis, il appela successivement plusieurs employés, pour leur donner des ordres. Lorsque son secrétaire fut arrivé, il eut avec lui un entretien : le secrétaire devait porter sur-le-champ le projet de budget aux Tuileries, et fournir certaines explications, si l'empereur soulevait des objections nouvelles. Dès lors, Nantas crut avoir assez fait. Il laissait tout en ordre, il ne partirait pas comme un banqueroutier frappé de démence. Enfin, il s'appartenait, il pouvait disposer de lui, sans qu'on l'accusât d'égoïsme et de lâcheté.

Neuf heures sonnèrent. Il était temps. Mais, comme il allait quitter son cabinet, en emportant le revolver, il eut une dernière amertume à boire. Mlle Chuin se présenta pour toucher les dix mille francs promis. Il la paya, et dut subir sa familiarité. Elle se montrait maternelle, elle le traitait un peu comme un élève qui a réussi. S'il avait encore hésité, cette complicité honteuse l'aurait décidé au suicide. Il monta vivement et, dans sa hâte, laissa la clé sur la porte.

Rien n'était changé. Le papier avait les mêmes déchirures, le lit, la table et la chaise se trouvaient toujours là, avec leur odeur de pauvreté ancienne. Il respira un moment cet air qui lui rappelait les luttes d'autrefois. Puis, il s'approcha de la fenêtre et il aperçut la même échappée de Paris, les arbres de l'hôtel, la Seine, les quais, tout un coin de la rive droite, où le flot des maisons roulait, se haussait, se confondait, jusqu'aux lointains du Père-Lachaise.

Le revolver était sur la table boiteuse, à portée de sa main. Maintenant, il n'avait plus de hâte, il était certain que personne ne viendrait et qu'il se tuerait à sa guise. Il songeait et se disait qu'il se retrouvait au même point que jadis, ramené au même lieu, dans la même volonté du suicide. Un soir déjà, à cette place, il avait voulu se casser la tête ; il était trop pauvre alors pour acheter un pistolet, il n'avait que le pavé de la rue, mais la mort était quand même au bout. Ainsi, dans l'existence, il n'y avait donc que la mort qui ne trompât pas, qui se montrât toujours sûre et toujours prête. Il ne connaissait qu'elle de solide, il avait beau chercher, tout s'était continuellement effondré sous lui, la mort seule restait une certitude. Et il éprouva le regret d'avoir vécu dix ans de trop. L'expérience qu'il avait faite de la vie, en montant à la fortune et au pouvoir, lui paraissait puérile. À quoi bon cette dépense de volonté, à quoi bon tant de force produite, puisque, décidément, la volonté et la force n'étaient pas tout ? Il avait suffi d'une passion pour le détruire, il s'était pris sottement à aimer Flavie, et le monument qu'il bâtissait, craquait, s'écroulait comme un château de cartes, emporté par l'haleine d'un enfant. C'était misérable, cela ressemblait à la punition d'un écolier maraudeur, sous lequel la branche casse, et qui périt par où il a péché. La vie était bête, les hommes supérieurs y finissaient aussi platement que les imbéciles.

Nantas avait pris le revolver sur la table et l'armait lentement. Un dernier regret le fit mollir une seconde, à ce moment suprême. Que de grandes choses il aurait réalisées, si Flavie l'avait compris ! Le jour où elle se serait jetée à son cou, en lui disant : « Je t'aime ! » ce jour-là, il aurait trouvé un levier pour soulever le monde. Et sa dernière pensée était un grand dédain de la force, puisque la force, qui devait tout lui donner, n'avait pu lui donner Flavie.

Il leva son arme. La matinée était superbe. Par la fenêtre grande ouverte, le soleil entrait, mettant un éveil de jeunesse dans la mansarde. Au loin, Paris commençait son labeur de ville géante. Nantas appuya le canon sur sa tempe.

Mais la porte s'était violemment ouverte, et Flavie entra. D'un geste, elle détourna le coup, la balle alla s'enfoncer dans le plafond. Tous deux se regardaient. Elle était si essoufflée, si étranglée, qu'elle ne pouvait parler. Enfin, tutoyant Nantas pour la première fois, elle trouva le mot qu'il attendait, le seul mot qui pût le décider à vivre :

« Je t'aime ! cria-t-elle à son cou, sanglotante, arrachant cet aveu à son orgueil, à tout son être dompté, je t'aime parce que tu es fort ! »

TABLE

Vanina Vanini 7
La Vendetta 45
Nantas 145

« Pour l'éditeur, le principe est d'utiliser des papiers composés de fibres naturelles, renouvelables, recyclables et fabriquées à partir de bois issus de forêts qui adoptent un système d'aménagement durable. En outre, l'éditeur attend de ses fournisseurs de papier qu'ils s'inscrivent dans une démarche de certification environnementale reconnue. »

Composition PCA - 44400 Rezé

Achevé d'imprimer en Italie par Rotolito Lombarda
32.10.2628.9/08- ISBN : 978-2-01-322628-8
Loi n° 49-956 du 16 juillet 1949 sur les publications destinées à la jeunesse
Dépôt légal : septembre 2012